# HONRA PIRATA

HELENA GRILLO MIRANDA

# HONRA PIRATA

LIVRO I – ESPADAS E PISTOLAS

plus+ editora

DIREÇÃO EDITORIAL
***Giovanna Vaccaro***

PRODUÇÃO EDITORIAL
***Jadna Alana***

PREPARAÇÃO
***Leiliane Lima***

REVISÃO
***Jadna Alana***

CAPA
***Henrique Morais***

DIAGRAMAÇÃO
***Michael Vasconcelos***

ILUSTRAÇÕES
***Helena Grillo Miranda***

DADOS INTERNACIONAIS DE CATALOGAÇÃO NA PUBLICAÇÃO (CIP)

Miranda, Helena Grillo
Honra Pirata / Helena Grillo Miranda. – 1ª edição – São Paulo: Coerência, 2021

ISBN: 978-65-87068-77-0

1. Ficção brasileira 2. Fantasia. Título

CDD: 869.3

Grupo Editorial coerência
plus+ editora

***São Paulo***
*Avenida Paulista, 326,*
*cj 84 - Bela Vista*
*São Paulo | SP – 01.310-902*
*www.editoracoerencia.com.br*

Dedicado a todas as jovens que só têm como companhia um livro da biblioteca da escola, mas que guardam no peito um coração tão grande que romperá todos os muros e brilhará através do tempo.

# O PRÍNCIPE E O MENDIGO

## MARK TWAIN

*Melhor um pai sociopata do que pai nenhum*. Marina tentava se convencer disso enquanto ele injetava mais uma droga em seu braço. A raiva crescia no peito e se acumulava a cada experiência. Aos treze anos, ela sabia que não era diferente dos ratos de laboratório, era só mais uma cobaia.

Dessa vez, depois de alguns testes com eletrodos nos braços e na cabeça careca – ela perdera todo o cabelo nas últimas experiências com radiação, que duraram várias semanas –, o pai fez apenas algumas anotações e a liberou. Logo acabaria morrendo e estava conformada com isso. Não era como se possuísse algo pelo qual valesse a pena lutar para sobreviver.

A mãe morrera em seu parto, motivo pelo qual o pai a culpava e, por isso, dizia amar somente a outra filha, sua irmã Mônica. Quando souberam da gravidez, a ultrassonografia só mostrara um bebê. Então, optaram pelo parto normal, em casa, mas ela acabou vindo como brinde, e a mãe, já frágil após uma gravidez delicada, não suportou as complicações de seu parto. *Nem era para você existir*, pensou.

Lembrou-se quantas vezes tinha escutado essa frase. O pai repetia sempre que estava frustrado com a ausência de resultados em algum novo experimento: "Não deveria ter nascido. Se você não tivesse nascido, ela ainda estaria aqui". Depois de um tempo, Marina apenas acreditou que era verdade.

*Serei mais forte ao passar por isso*, repetia mentalmente, tentando acreditar. Ela tentava fugir da realidade se colocando no lugar dos heróis nos livros. Se sua história de origem era tão ruim assim, pensava que o futuro haveria de ser cheio de conquistas e aventuras. Afinal, todos os heróis possuem um passado trágico. Mesmo já tendo desistido de fugir, alguém a socorreria, e ela seria como Malala ou alguma outra figura de superação, só que na versão cobaia de laboratório.

Falando em laboratório, a redoma e aquele pequeno espaço de experiências quase sempre malsucedidas eram tudo o que conhecia. Ficavam praticamente no mesmo cômodo, no interior da casa. A diferença era que o laboratório era mais fechado e escuro, enquanto a redoma tinha uma luz forte, e o teto e as paredes eram de vidro, permitindo ver os cômodos ao redor. Jogou-se na cama dura e desconfortável depois de ser empurrada para dentro pelo pai. Ao menos podia ver o céu, através do teto transparente do seu cubículo, e percebeu que o dia estava em sua metade.

Queria saber como era a cidade, se havia prédios em volta ou muitas casas. Como nunca saíra daquele cômodo, preferia imaginar uma vila pacata e aconchegante, repleta de famílias felizes ou, pelo menos, não tão disfuncionais quanto a dela. Então, olhou para o canto e viu os halteres. Não queria fazer exercícios, mas sabia que os músculos atrofiariam se não o fizesse.

*Se a redoma fosse uma bolha, eu poderia levá-la para o mar.* Ela ansiava, com todas as forças, por ver uma praia, qualquer que fosse, ou viver em um navio e ser como os marinheiros dos livros que lia: ter conquistas épicas e tesouros infinitos. Adorava livros de ficção, apesar de só conseguir lê-los às escondidas. Se pudesse, escolheria viver em um deles. Sonhava com magia, monstros, aventuras e batalhas, mas, especialmente, com um mundo no qual pudesse ser livre para conhecer todos os lugares.

Contudo não eram só os livros que a influenciavam, a televisão também. Lembrava como se fosse ontem o dia em que a recebera, quando tinha dez anos.

"Me tire daqui!". Socara o vidro com toda a força, quebrando os próprios dedos no processo. O pai viera em seu socorro, abrindo a porta rapidamente e engessando sua mão. Apesar da preocupação aparente, Marina sabia que ele só queria que o corpo dela estivesse intacto para as experiências. Porém, para alguém naquela idade, era somente nítida a forma de cuidado e carinho, mesmo que doentio. Esquecera-se de o porquê havia perdido as estribeiras e, paralisada, o observara limpar e cuidar de sua mão já um tanto inchada.

"Vou colocar uma televisão aqui", ele resmungara depois de terminar de engessar a mão machucada, levantando-se para sair da redoma. "Será mais fácil lidar com você alienada do que surtada."

Mesmo com a rede aberta, ela conseguira se distrair com facilidade. Entretanto, a estratégia do pai saíra pela culatra, porque ver o que perdia do lado de fora só a fizera ter mais vontade de sair do local. Dessa vez, tentaria alcançar um êxito sem escândalos.

Assim como todas as protagonistas de livros fantásticos precisavam de uma companheira, ela necessitava de uma aliada. Por sorte, a irmã era afetuosa e esgueirava-se no meio da noite para vê-la. No início, fora por curiosidade, mas depois de conversas que correram pela madrugada, a amizade entre elas ficou forte. O laço de irmandade que as unia era suficiente para que Mônica se arriscasse indo visitá-la, mas não para fazê-la enfrentar o pai. Ela teria de encontrar uma forma de ajudar a irmã a fugir sem confrontá-lo.

— Pesquisei como te tirar daqui, como quebrar o vidro ou arrombar a entrada — suspirou —, mas não encontrei nada útil.

Ligaria para a polícia, mas, da última vez que tentei, o papai nos bateu e ninguém veio ajudar, porque pensaram que era um trote. É realmente difícil acreditar que um pai mantém a filha como cobaia – finalizou, pensativa.

*Não fomos nós que apanhamos. Você levou um cascudo, enquanto eu fui espancada. Quem sabe, você até deseje manter sua vidinha perfeita. Talvez, o fato de eu estar aqui seja mais conveniente e, provavelmente, ter nascido antes não te faça tão especial assim*. No mesmo instante, Marina se repreendeu por pensar aquilo. Mesmo não podendo dizer tais palavras, pois perderia sua única aliada, sentia certa raiva de Mônica. Imaginou várias vezes que ela poderia ser uma espiã para seu pai, testando-a em segredo, agindo de modo a torná-la, talvez, mais dócil. *Por que nunca o questiona? Por que nunca se opõe a ele?*

Era como se estivesse no livro de Mark Twain. Mônica tinha de tudo e, por isso, Marina a invejava, embora preferisse ser uma mendiga a conviver com o pai de qualquer modo que fosse. A liberdade era seu maior desejo, e a irmã, por mais que não desfrutasse de uma liberdade inesgotável, mas restrita e controlada, ainda tinha mais do que ela jamais tivera. Não existia sequer a possibilidade de trocarem de lugar, nem por um dia, dada a diferença física.

Ao contrário de sua atual careca, Mônica possuía longos fios avermelhados e cacheados. Mesmo quando ainda possuía cabelos, os seus nunca foram tão sedosos quanto os da irmã, que era também um pouco mais alta, devido à alimentação e rotina comuns.

– Eu te trouxe comida de verdade.

Mônica tirou um embrulho de alumínio que revelou duas fatias de pizza.

Marina devorou a comida, era um alívio depois de outro dia de dieta rigorosa forçada pelo pai. Sua alimentação era importante para as experiências. Consumir nutrientes e calorias predefinidas o ajudava a tentar prever os resultados que o corpo dela apresentaria.

Mônica era um pouco mais ingênua que a irmã, mesmo tendo acesso à rua, a amigos e à escola. Era algo natural da personalidade dela. Mesmo com medo do pai, confiava nele de forma instintiva e não costumava se rebelar, nunca. A primogênita sabia que o que acontecia com a irmã era terrível, mas preferia ajudá-la oferecendo companhia, afeto e certo alívio, com as conversas e livros, a buscar um conflito com o pai, pois sabia que não teriam como sobreviver sem ele. Já tinha perdido a mãe, não queria se privar ainda mais da companhia da irmã. Só conseguia pensar em como tirá-la dali. Queria ser a heroína de Marina. Queria que elas tivessem pais que as amassem igualmente, como deveria ser.

– Quer terminar *Mau começo*, do Lemony Snicket?

– Quero, sim! – Marina exclamou, aflita pela ânsia de ter algo para ler.

Os livros eram uma fuga mais interessante que a televisão, como se cada personagem se tornasse seu amigo. Nos dias em que o pai não a requisitava para testar os experimentos, ela ficava sozinha, ansiando poder reencontrar a fantasia. O pai a havia ensinado a ler, mas não permitia romances ou livros de ficção, pois dizia que eram um desperdício.

Mônica atravessou o laboratório engatinhando, retirou o livro de baixo da blusa grossa e o passou pela entrada de comida. Era a rotina delas: sempre trazia algum livro da biblioteca da escola para a irmã ler de madrugada, longe dos olhos vigilantes de seu progenitor. Ela esperou sentada ao lado da redoma para levar o livro de volta antes de seu pai acordar.

Na manhã seguinte, ele jogou três livros pela porta de seu minúsculo habitat. Marina olhou as capas e percebeu que eram sobre História.

— Leia tudo em um mês e decore cada parte.

Era um teste, uma experiência. Ela sabia disso e foi o que fez. De dia, estudava História de 1500 a 1800, mas, à noite, devorava os livros que a irmã trazia. Ultimamente, tinha curiosidade pelas HQs, porque a leitura era rápida e dava para dormir um pouco mais. Na noite anterior, havia convencido Mônica a deixar a *grafic novel* do *Homem de Ferro* por um dia completo ali, o que nunca acontecia, já que ambas temiam que o pai pudesse proibi-las de se encontrar caso descobrisse o que faziam. Porém, antes que pudesse devolver o material ilícito, o pai abriu seu compartimento transparente naquela manhã e a requisitou para a experiência do dia. Então, seu próprio corpo teria de servir de esconderijo, por isso, enfiou a HQ na parte de trás da calça, incomodando as costas, e colocou a camisa por cima.

Mais um dia, mais um sofrimento. O pai estava possesso, a barba rala estava pingando de suor, e o rosto, vermelho. Nunca o tinha visto assim, mas sabia que era melhor ficar em silêncio. Se algo estava dando errado, não seria ela a irritá-lo ainda mais.

Ele entrou na redoma.

— Vai ficar aí parada?!

— Eu só... — começou a se explicar, mas o homem a interrompeu com um tapa, que a fez cambalear, quase caindo.

— Cala a boca! Entra no caixão!

Marina obedeceu enquanto o doutor mexia nos computadores, feroz. Nos últimos seis meses, o pai tinha trabalhado em uma máquina em forma retangular ligada a cinco computadores. Ele provavelmente havia comprado um caixão de segunda mão, porque os recursos da pesquisa eram limitados, deixando o dinheiro para o essencial.

Ela sabia bem porque ele falava sozinho quando estava nervoso. “Voltar no tempo, quase lá... Eu precisaria de um capacitor? Não... um reator seria melhor. É... é isso." Marina conseguira ver, de dentro da redoma, os planos que estavam em cima da mesa. De certa forma, era legal observar o pai porque entendia o amor dele pela ciência. Podia detestar todos os experimentos aos quais era submetida, mas ficava fascinada com a forma como ele fazia as coisas funcionarem usando pura e absolutamente nada além da ciência. Embora duvidasse que ele conseguisse mesmo fazer uma máquina do tempo, sabia que iria morrer tentando. Ou melhor, *ela* morreria ao longo de suas tentativas.

Demorou cinco minutos até ele voltar a pronunciar algo.

– Você deve morrer. – Não falou em forma de ameaça, mas no tom mais banal possível, como quem avisa que a sopa está quente.

Nesse estado de quase vida, a espera pela morte era algo ordinário, logo, encará-la não devia ser tão ruim. Ele conectou todos os fios à caixa e ao corpo magro da menina, trancando-a com uma tampa escura. Marina fechou os olhos com força, como se fosse tomar só mais uma injeção. Não sentiu nada.

Quando abriu os olhos, após ouvir o barulho de vidro estilhaçando, percebeu que Mônica tinha empurrado o pai, que caíra no chão, levando consigo os instrumentos da mesa. A irmã havia semiaberto uma pequena fresta na tampa da caixa e estava segurando suas mãos, tentando tirá-la daquele recipiente frio. Bem nesse momento, uma explosão cresceu em torno dos fios em suas mãos, dando um choque dolorido que atravessou seus corpos, deixando-as semiconscientes. O corpo de Mônica tombou sobre a tampa do retângulo gelado.

– Não! – O pai gritou assustado, em algum lugar que parecia distante demais.

Depois disso, veio mais uma explosão que Marina não conseguiu identificar muito bem, mas empurrou as gêmeas para lados opostos. Por fim, houve uma luz forte e silêncio.

Marina abriu os olhos e não enxergou nada além de escuridão. Ela havia morrido? Onde estaria Mônica? Não conseguia parar de pensar em tudo o que não pôde fazer em vida e todos os seus arrependimentos, até que teve a sensação de estar flutuando e sentiu o cheiro leve de maresia. Na tentativa de erguer o braço, bateu na tampa do caixão. Ela a empurrou mais para o lado, e a luz da lua invadiu seus olhos. Ao seu entorno, só viu o mar e as estrelas. O que a mantinha viva era aquele caixão. Mônica não estava por perto.

Marina tentou afastar o pensamento de morte, mas as lágrimas brotaram no seu rosto, pois tentava imaginar o que teria acontecido com a irmã. Será que estava ao mar? Tentou chamá-la, mas não houve resposta. Caso se jogasse nas águas em sua busca poderia se afogar. Sem saber o que fazer, ficou sentada ali, flutuando no meio do nada, mais sozinha do que nunca.

Começou a sentir um gosto azedo e seco na boca. Sabia que talvez levasse dias até encontrar uma embarcação ou uma ilha, isso se, de fato, não estivesse morta e tudo aquilo fosse mais do que uma grande ilusão. Colocou a mão do lado de fora e encostou os dedos na água. Era tão fria e bonita, mas se sentia culpada por sentir qualquer alívio ou fascínio, pois realizara o sonho de ver o mar, mas a irmã não estava mais ao seu lado.

Quando amanheceu, achou melhor fechar a tampa para evitar o sol forte. Marina tinha certeza de que não morreria de fome, pelo menos nisso o pai a preparara para a vida, dando o mínimo de comida possível. Contudo, no meio da tarde, conseguiu ouvir o minúsculo estômago roncar baixinho. Começou a alucinar com um hambúrguer que sua irmã a tinha dado certa noite. Por isso, foi tão inacreditável quando viu um enorme navio se aproximar. Estremeceu quando mirou um esqueleto na proa, mas pensou que fosse tão real quanto o seu hambúrguer flutuante. Então, o ignorou, deitada e imóvel.

Apesar disso, o navio não ignoraria uma caixa flutuante como aquela. Uma embarcação menor foi lançada às águas e veio em direção a ela. Um homem enorme e forte a puxou para junto de si e a levou para a embarcação maior, deixando seu barco científico à deriva.

– É só uma criança.

Ela ouviu alguém balbuciar no que parecia ser francês. Havia visto filmes em francês na televisão. Eles falavam com biquinho e o "r" soava estranho. Ainda meio tonta por causa do calor e da leve desidratação, olhou para cima, acreditando ser mais uma miragem. O navio tinha mais cordas que uma teia de aranha. As velas eram enormes e vermelhas, e havia vários homens sem dentes, sujos e mal-encarados. Tudo isso a fazia ter certeza de que estava em um navio pirata, o que era absurdo. *A não ser que viajasse no tempo*, pensou, no meio do que julgava, cada vez mais, ser uma alucinação pós-morte.

Marina finalmente entendeu onde estava quando viu a bandeira preta sacudindo na vela mais alta. Um esqueleto com chifres ostentava seu arpão em direção a um coração sangrento; na outra mão, uma ampulheta. Aquele era o pior lugar que poderia estar: o Vingança da Rainha Ana. Percebeu, então, que aquele era o navio do Barba Negra.

# AS MIL E UMA NOITES

Simplesmente a jogaram na prisão, que tinha o tamanho similar ao de sua antiga redoma, já que o navio era do tamanho de um veleiro. Havia uma rede no canto e parecia que alguém estava dormindo lá, mas ela só se importou em se deitar no chão e aproveitar o frio da madeira. Minutos depois, um velho colocou uma jarra de barro em frente à grade. Marina o virou na garganta, deixando a água descer e, por isso, acabou se engasgando e cuspiu um pouco.

— Cuidado, não desperdiça — falou o misterioso prisioneiro da rede, com um inglês horrível e um sotaque familiar.

Marina, que compreendia um pouco de inglês, pelo que aprendera no *Telecurso 2000*, recostou-se à parede com o rosto virado para o teto, a mão ainda na jarra, e fechou os olhos por cinco minutos. Logo em seguida, tomou outro gole. Repetiu esse processo até se sentir melhor. Quando estava totalmente consciente, reparou no balde do canto da cela. Pelo cheiro, notou que era o *banheiro*. A única luz vinha de uma lamparina a óleo pendurada em frente ao cárcere. Do teto ao chão, tudo era de madeira, exceto as grades de ferro.

Perdeu a noção do tempo em que ficou ali. Marina evitava olhar diretamente para o colega de cela. Não queria criar intimidade sem saber que tipo de pessoa era, já que só saía da rede para usar o balde, mas notou que talvez tivessem a mesma idade. Depois de certo tempo, um rapaz trouxe a comida. Para a felicidade de Marina, era comida sólida. O jovem se abaixou e a observou devorar o prato.

— Sou o Mateo, um missionário, e vim trazer a palavra do Senhor — disse em inglês.

Ele era um pouco mais alto que ela, com a pele branca queimada pelo sol e cabelos pretos e longos, presos em um rabo de cavalo. O colar com o crucifixo de prata se destacava em meio às roupas pretas. *O que cargas d'águas um missionário está fazendo em um navio pirata?* Mas Marina teve a reflexão interrompida.

— Hoje vou ler o livro de Provérbios.

O garoto na rede bufou e resmungou algo inaudível. O jovem missionário o ignorou, abriu a bíblia que segurava e leu por cerca de uma hora. Depois, foi embora sem perguntar o nome dela ou se falava inglês.

— Esse curumim... — o parceiro de cela falou com um inglês quebrado. — Não somos livres, mas devíamos ser. Livres para ouvir ou não. — Finalmente, levantou-se da rede, ficando de pé. — Meu nome é Inaiê, sou do Brasil.

Os olhos dela quase se encheram d'água. Era bom ter um brasileiro ali também.

— Eu também sou do Brasil — ela falou em português, e o semblante dele caiu.

— Então é de alguma família invasora? — perguntou, dessa vez em português, mas com nojo na voz.

— Não — negou, sem saber como responder àquilo.

Era difícil conversar com alguém que não fosse a irmã e sentia o desconforto da história em quadrinhos que ainda estava presa na parte de trás da sua calça.

— Então é o curupira? — ele completou com tom de deboche, arregalando os olhos e abrindo os braços.

— Minha irmã morreu e eu fugi do meu pai.

Uma lágrima brotou no canto do olho.

Não sabia muito bem o que havia acontecido, mas concluiu que a morte após a explosão teria sido o destino de sua irmã. Era estranho ter de explicar algo que nem mesmo ela compreendia.

— Muito triste, curumim — ele comentou, seco.

— Por que essa atitude arrogante?

— Olhe para o meu rosto. — As maçãs do rosto eram bonitas, e o cabelo estava na altura do peito, parecia um pouco com os índios que vira em livros de História. — Eu sou tupi! A sua dor não é a maior do mundo. Sua tristeza é como riqueza perto do que tive que passar — suspirou. Depois, pareceu arrepender-se: — Perdão, é só que... estou cansado de todos esses brancos achando que sou preguiçoso, que não quero trabalhar. Eu tinha uma função: era caçador. Passei a noite fora em uma caçada e, quando voltei, a aldeia tinha virado cinzas. Havia vários corpos, a maioria de homens. Brancos, como seu pai, levaram as mulheres, incluindo a minha mãe.

Ele fechou os olhos com força e foi escorregando pela parede até se sentar no chão.

A atmosfera era séria, mas, por conta das ondulações do mar, Inaiê deslizou quando o piso ficou íngreme, e Marina caiu de cara no chão. Os dois caíram numa gargalhada leve, mesmo com olhos cheios d'água e, por isso, a tensão se dissipou. Ela não sabia se era comum essa confissão repentina, depois de tão pouco tempo de convivência. Havia quanto tempo que ele estava ali sozinho? Algumas semanas? Meses, talvez? Ele precisava se abrir. Como ela também precisava, embora não conseguisse. Marina entendia bem a solidão e ficava feliz em ser útil. Com sorte, faria até um amigo pela primeira vez na vida.

Passada uma semana, os dois já estavam se dando melhor. Ele falava sobre o Brasil e sua natureza, ela contava só o que vira na TV sobre a Amazônia. Quando Inaiê tentava perguntar sobre a família e assuntos mais íntimos, Marina fugia da conversa. Ele ficou aliviado depois de ver que, como os outros ali, ela não notara que o nome dele era feminino. Já tinha sido humilhado o suficiente por causa disso em sua terra natal.

— O que está fazendo? — ele perguntou ao vê-la se alongando.

— Seu corpo não dói por ficar muito tempo parado? Não quero atrofiar as pernas.

Ergueu a perna dobrada contra a barriga.

Ele inclinou a cabeça a observando, pulou da rede e decidiu fazer o mesmo. Estava ali havia tempo suficiente para notar que o corpo perdia a agilidade de caçador. Percebeu que ela dizia a verdade quando seu joelho estalou e as costas começaram a latejar.

— Eu precisava ter um corpo saudável de onde vim. Tinha pouco espaço, como aqui — Marina revelou.

A comunicação fluía melhor depois de uma semana e meia, diferente do cheiro, que se tornou insuportável, tanto do próprio corpo, já que não tomavam banho, quanto o do balde.

— Sei que evita falar de si mesma, mas poderia me contar algo importante sobre você?

— Estou interrompendo? — A chegada repentina do missionário irritou Inaiê, que voltou para a rede.

Marina já tinha entendido que não a matariam ali, então, decidiu continuar com o exercício enquanto Mateo falava. Achava divertido o sarcasmo de Inaiê, era o tipo de pessoa ácida que vira nos filmes.

— Hoje, vou ler Salmos — Mateo continuou, e Inaiê bufou.

Durante a leitura, o terceiro capítulo chamou a atenção de Marina, que já tinha aprendido um pouco mais de inglês com toda aquela leitura e estava começando a pegar o jeito com as visitas do adolescente missionário.

— "Senhor, como se têm multiplicado os meus adversários! São muitos os que se levantam contra mim. Muitos dizem da minha alma: Não há salvação para ele em Deus. Porém, tu, Senhor, és um escudo para mim, a minha glória, e o que exalta a minha cabeça. Com a minha voz clamei ao Senhor, e ouviu-me desde o seu santo monte. Eu me deitei e dormi; acordei, porque o Senhor me sustentou. Não temerei dez milhares de pessoas que se puseram contra mim e me cercam. Levanta-te, Senhor; salva-me, Deus meu; pois feriste a todos os meus inimigos nos queixos; quebraste os dentes aos ímpios. A salvação vem do Senhor; sobre o teu povo seja a tua bênção."

— Desculpe, não entendi.

Mateo levantou a cabeça. Era a primeira vez que ouvia a voz do novo prisioneiro.

— Qual parte?

— O sentido disso. Se tantos eram contra ele, não faz mais sentido ele ser culpado? Se milhares concordam com isso, por que ele ainda se acha certo?

— Sabe o significado de injustiça?

Marina assentiu.

— Pense nesse cenário: Davi não fez nada de errado, inclusive ajudou o rei. Ainda assim, o queriam morto. Quando você irrita alguém poderoso, mesmo estando certo, talvez tenha que pagar com a vida. Nunca passou por algo que acreditava não merecer?

Aquilo foi como um tiro. Injustiça não era o sentimento que ela costumava ter. Tinha medo, raiva, inferioridade. Ainda assim, lá no fundo, achava que merecia isso. Não ter tido uma mãe, o amor que tanto queria, talvez a tornasse culpada só por existir. Ouvir sobre injustiça era como uma redenção. Encolheu-se no canto da cela e olhou para o teto. O restante da leitura de Mateo só passou por ela sem que ouvisse. Não havia tido tanto tempo para pensar como agora. De certa forma, doía. Quando ele se levantou e foi embora, Inaiê já estava dormindo, mas Marina nem pregou os olhos.

Os dias foram passando, e ela foi percebendo que aquela não era uma situação *Mil e uma noites* — como classificava uma situação da qual poderia sair, se enrolasse muito. Era bem mais difícil se distrair quando não tinha uma TV nem os livros. Demorou quase um mês para mostrar a história em quadrinhos do Homem de Ferro para o Inaiê. Ela já tinha lido tantas vezes nesse meio-tempo, que nem se importava. Por sorte, ou falta disso, aquele era o único item que tinha ido para o passado com ela. Preferia ter levado uma chave de fenda.

— Não entendo.

Inaiê folheava a HQ.

— São como quadros, só que em formato de livro.

— Nós esculpimos na madeira, temos gravuras também, só que isso... — Inaiê passou o dedo em uma página — não parece ter sido pintado.

Marina não sabia bem se era correto mostrar uma história em quadrinhos do futuro para alguém do passado. Contudo, duvidava que causasse um paradoxo.

— Está gostando da história?

— Eu não sei ler, ainda mais português. As imagens são interessantes. Dá para entender que esse homem vermelho e amarelo é uma espécie omawe... Um herói yanomami — explicou-se, ao ver a face confusa da colega. — É um alívio finalmente me distrair depois de tantos meses aqui.

— Aliás, não quero me intrometer, mas como veio parar aqui?

— Eu não queria ter essa conversa... *inevitável*? — ele perguntou, tentando ter certeza de que era a palavra certa, e Marina balançou a cabeça positivamente, concordando. — Depois de perder minha família e meu povo, decidi sair daquele país e tentar outro lugar que não me lembrasse a matança que ainda estava acontecendo. Roubei algumas roupas perto do porto e me escondi em um barril que foi levado para um navio mercante. Não demorou muito para me acharem. Virei prisioneiro, aprendi o português por necessidade. Depois que o Vingança da Rainha Ana saqueou o navio, fui o único que restou. Só troquei uma cela por outra. Aquele missionário pedante falou tanto inglês que entendo algumas palavras.

Enquanto o ouvia falar, ela criou uma forte empatia. Querer fugir para esquecer o passado era algo que Marina entendia, e talvez aquela fosse a sua oportunidade para isso, mas a sensação de liberdade que tinha, mesmo na cela, era um sentimento conflitante, porque nada tirava de sua cabeça que havia conquistado sua fuga através do sacrifício da irmã. Contudo, algo na história dele não fazia sentido para ela.

— Por que não tentou ir para outra aldeia mais afastada e protegida?

O olhar dele era de surpresa e de deboche.

— Quando teve desavenças com seu pai, por que não saiu da sua casa, entrou em outra e se sentou com uma família estranha?

— Entendi o seu ponto. Me desculpe!

A garota ficou envergonhada, mas não apenas por isso. Por baixo da camisa, seus seios tinham crescido um pouco no último mês. Foi um estirão, já que antes era reta. Isso acabou sendo novidade também para o missionário, que notou o detalhe durante um sermão. Mateo tinha quinze anos e nenhuma experiência com garotas.

— Você é mulher?

— Obviamente.

Ela cruzou os braços na frente do peito, ofendida.

— Por causa do cabelo, eu imaginei... Enfim, vamos começar a leitura.

— De onde eu vim, todo mundo fica nu, mas mesmo de roupa, com ou sem cabelo, não é difícil ver que ela é uma mulher — Inaiê resmungou.

O cabelo dela realmente estava ralo, mesmo assim era cabelo e tinha crescido um pouco no último mês. Não era sedoso e brilhante como o da irmã, mas um tanto áspero, e os cachos, bagunçados, contudo era o mínimo de feminilidade a que podia se agarrar. O surgimento dos seios a deixou constrangida e até receosa. Afinal, aquele era um navio cheio de homens. Se pudesse, seria melhor que continuassem achando que ela era um deles.

O que Marina não sabia era que, assim que a leitura terminara, Mateo correu até a cabine do capitão.

— Temos uma prisioneira.

— Como assim? — o vulto respondeu, ainda de costas no canto da cabine.

— Uma mulher. O mais impressionante é que, no último mês, mesmo com a pouca comida que damos, ela começou a engordar em vez de emagrecer.

— Traga-a ao convés.

Mateo virou as costas e desceu até a cela. Via agora aquela garota com outros olhos. Algo nela dava a sensação de que era resistente e tinha passado por uma experiência tão terrível quanto ele. *Uma alma atormentada*, resumiu em sua mente, enquanto a conduzia pelas escadas.

*Vão me atacar*, era a única coisa que ela conseguia pensar após ter sido tirada da cela. Engoliu em seco e não conseguiu controlar as pernas, que não paravam de tremer. Os homens estavam reunidos no convés e, ao contrário do que esperava, não houve olhar desejoso ou assediador. Eram como soldados na posição de sentido.

Foi quando Marina a viu. Uma mulher descia as escadas com o chapéu de capitã. Logo compreendeu: aquela não era a história que lera nos livros. Barba Negra já estava morto, e aquela sombra feminina com uma presença esmagadora devia ser a capitã do Vingança da Rainha Ana.

# O PEQUENO PRÍNCIPE

## ANTOINE DE SAINT-EXUPÉRY

A capitã era uma mulher incrivelmente alta, seus cabelos negros eram ondulados e caíam até a altura da cintura. Usava um corcelê por cima da camisa azul-marinho de algodão, calças de couro e botas de cano baixo. Sobre os ombros, havia uma espécie de xale preto com detalhes prateados, que parecia árabe. No rosto bronzeado, uma cicatriz se destacava em formado de meia-lua, indo desde a sobrancelha esquerda até metade da bochecha.

A capitã parecia uma amazona — como a Mulher-Maravilha —, e sua presença era forte e intimidadora. Marina engoliu em seco enquanto ela descia degrau por degrau em sua direção. Morrer era uma possibilidade, tinha consciência disso. Começou a suar e endireitou tanto a postura que quase caiu para trás.

— O que temos aqui? — a capitã perguntou num inglês perfeito e tirou o facão da bainha, colocando a ponta no pescoço de Marina, que engoliu em seco mais uma vez. — Você é pirata?

— Não — respondeu no mesmo idioma com a voz aguda.

Seu inglês era suficiente apenas para compreender minimamente a pergunta.

— Pretende se tornar uma?

Demorou uns trinta segundos até Marina entender o que estava acontecendo. O fato é que, se ela não fosse útil naquele navio, acabaria morrendo. Preferiu ser rápida pelo risco iminente de ter dado a resposta errada. Então, resolveu entrar no jogo, mas sem muita segurança.

— Talvez — ela disse sorrindo, tentando parecer simpática, mas soou de forma desesperada.

A capitã guardou o facão e riu. Marina soltou o mais longo suspiro de alívio que já tinha dado.

— Temos uma nova pirata a bordo! — a capitã gritou, e foi respondida com um brado uníssimo e empolgado de "Ahoy!" vindo de vários piratas.

Um homem grande, aquele que a trouxera para o navio, começou a encará-la. Ele parecia indiano, com uns cinquenta e poucos anos, e tão forte quanto o Terry Crews — mais conhecido como *o pai do Chris*, daquele seriado de TV.

— Ei — ele rosnou, o que a fez sentir um arrepio na espinha. — Nós usamos a mesma roupa. — Riu. Era verdade: calças azuis-escuras desbotadas e camisas com listras vermelhas e brancas. Ela também sorriu, mais por alívio do que por achar graça. Ele continuou: — Sou o Navin, primeiro imediato. — Bagunçou o pouco cabelo que ela tinha. — Fique tranquila, mocinha, nenhum homem aqui irá mexer contigo se depender de mim.

— Venha! — a capitã gritou atrás dela. — Eu sou a Sereia Negra, e esse é o seu novo quarto.

Ela abriu a cabine do capitão, mas em um anexo diferente e menor.

— Por quê?

Era estranho. Baseada em suas leituras, pensava que os piratas dormiam todos juntos no nível inferior da embarcação. A cabine dos fundos era só para a capitã.

— Não se acha digna de um quarto? — Sereia Negra abaixou e a olhou nos olhos. — Eu vejo em você alguém que não recebeu muito na vida. Gostaria de compensar isso. – A empurrou para dentro com um tapinha amigável. – Limpe-se. Teremos festa à noite. A partir de amanhã, você trabalhará na cozinha. Meu filho... falou bem de você.

– Quem?

– Mateo Teach, meu filho com o Barba Negra – revelou, fechando a porta atrás de si.

Era uma surpresa, mas não tão grande quanto a satisfação de Marina, que finalmente conseguia tirar a roupa encardida. Havia camadas de sujeira na barriga e, por isso, sentiu ânsia de vômito. *Pareço uma vela derretida*. O corpo chegava a pesar. Viu uma banheira pequena na lateral do quarto e foi direto para ela. Estava cheia de água do mar, o que era de se esperar. A água ficou escura em um minuto. Enquanto isso, falava em voz alta. Estava sozinha e queria organizar os pensamentos:

– Não entendo aquela mulher. Será que é porque sou uma garota? Não parece ser do tipo que se importaria, mas não vou julgar alguém que me ajudou.

Olhou em volta e percebeu que o quarto era estranhamente feminino. Havia até uma penteadeira branca. O piso de madeira era tão limpo que ela conseguia ver o seu reflexo. Os três baús retangulares de madeira eram tão grandes que caberiam roupas para dez pessoas. Também havia uma mesa e uma cadeira próximas à parede, onde estavam lápis, papéis, uma pena e um potinho com tinta. Claramente aquele quarto já tinha sido de alguém, mas era melhor não se meter com o que não era da sua conta.

Decidiu dormir sem roupa depois do banho. A cama era tão macia quanto a que tinha na redoma – ou seja, dura e desconfortável –, além de ser flutuante, mas havia cordas que a prendiam ao teto e impediam-na de virar durante as ondulações. Porém, depois de tanto tempo dormindo no chão, aquilo já era incrível e, por isso, adormeceu logo.

Com os olhos entreabertos por uma luz forte entrando pela fresta da porta, Marina começou a ouvir o som de música bretã. O lado bom de ter o cabelo tão curto era que, para se arrumar, só precisava vestir suas roupas, novas e limpas, e as botas que a Sereia Negra tinha deixado para ela. Marina irrompeu pela porta, deparando-se com uma grande festa. Os piratas estavam dançando, pulando e rindo alto. Só então reparou em como o convés era largo e a madeira do piso era clara. Escadas feitas de cordas serviam de apoio para os que estavam quase caindo da beirada. No fim das escadas, ficava o convés superior, onde a capitã bebia sozinha, observando todos de cima.

Quem tocava o violino era um rapaz negro, um pouco maior do que ela. Os cabelos com dreads soltavam-se do rabo de cavalo. Ele vestia uma calça preta justa e um moletom azul-escuro coberto por um colete marrom. Devia ter cerca de dezessete ou dezoito anos. Durante a festa, descobriu que o nome dele era Javier e trabalhava na cozinha. Seria o seu *chefe*.

O único que não estava dançando era o *príncipe pirata*. Ele estava parado no canto, perto de algumas cordas e de um barril, olhando para fora do navio, completamente distante. Marina percebeu que ele não se encaixava naquele lugar.

Decidiu deixá-lo de lado e focar na própria diversão. Começou a bater um pé no ritmo das palmas. Depois de dois passos para dentro e dois para fora, foi se animando: começou a dar alguns saltos e mexer mais os quadris, em uma espécie de forró estranho.

– Yuhul! – gritou entusiasmado um dos piratas, bêbado.

– Vai com calma! – Navin repreendeu o colega, mas continuou batendo palmas para a dança esquisita da garota. – Mostra para eles, ruivinha!

Apesar de todos estranharem, Marina não parou, ficou suada e cansada. A sensação de liberdade a fez rir enquanto dançava. Ela se sentia livre para fazer tudo o que não faria em sua realidade anterior. Era como um sonho dançante cheio de piratas fedendo a peixe e rum. Ela não sabia, mas, por um milésimo de segundo, Mateo a encarou admirado, extasiado pela energia dela. Depois, ele espantou os pensamentos e voltou a olhar para o mar.

Já exausta, Marina se encostou ao lado de Navin. Ele já estava marcado pelo peso dos anos. Ela notou que havia rugas mais profundas ao lado dos olhos e que ele apoiava as costas com a mão, visivelmente desconfortável.

— Qual a razão dessa festa?

— Os rapazes e a capitã estão animados porque os últimos saques foram um sucesso e vamos atracar na Jamaica daqui uma semana.

— Incrível! Eu queria mais espaço, sabe? Ver uma praia e ter um lugar grande onde pudesse caminhar em linha reta sem acabar caindo na água.

De repente, lembrou-se de Inaiê e, correndo em direção aos cárceres, desceu as escadas. Ele ficou surpreso com a visita.

— Nós vamos atracar em uma semana — ela contou, animada. — Me colocaram para trabalhar na cozinha, já que não tenho experiência com luta. Quer que eu te compre algo das feiras?

— Não é necessário...

— Tem certeza?

— Não. Para ser sincero, eu quero caruru, carne, babosa e mandioca.

Os dois estouraram numa gargalhada gostosa.

Marina se aproximou e falou, quase sussurrando:

— Vou deixar esse lugar confortável para você. Sabe que não nos mataram por sermos crianças, mas isso não vai durar para sempre. Vou tentar a todo custo te tirar dessas celas antes de ser tarde demais.

Ele riu e disse:

– Não seja tão sensível. Qualquer lugar que não seja a minha terra se torna uma prisão. Seja aqui ou lá em cima. – Apontou na direção do teto. Seus olhos castanhos estavam tristes. – Foi um erro fugir.

Ela suspirou e sorriu, despedindo-se. Marina não desistiria do único amigo, tinha certeza de que despertaria nele um pouco da felicidade que estava oculta. Era estranho como um trecho de *O Pequeno Príncipe* se encaixava bem naquela situação: "O que torna belo o deserto é que ele esconde um poço em algum lugar". Ela sabia que Inaiê tinha muito mais alegria e personalidade do que deixava transparecer naquele momento.

# O MÁGICO DE OZ

## L. FRANK BAUM

A Jamaica era ainda mais incrível do que ela esperava. Quando estavam perto da praia, Marina subiu na lateral superior do navio com Javier. Ela passava os olhos por cada canto da costa. Era como um mundo mágico, melhor do que qualquer filme ou livro. Era tão colorido e movimentado que ficou extasiada. "Eu tenho a impressão de que não estamos mais no Kansas", recordou a fala de Dorothy, imaginando que nem a personagem tinha visto algo tão bonito assim em Oz. Mas o que realmente prendeu a atenção de Marina foram as árvores com troncos estranhos. Elas eram curvas, e os topos se encostavam à areia, como se formassem pequenos túneis. Cada tronco era um entrelace da madeira, como se ela dançasse consigo mesma.

— Bonitas, não? — comentou Javier. — Algumas histórias dizem que se os casais passarem por baixo delas, suas almas ficam ligadas.

— Verdade?

— Não, estou brincando. Mas aqui vai uma dica: tudo parece convincente se você disser com firmeza. — Piscou para ela. — Vamos?

O navio atracou alguns minutos depois, Marina pisou na areia e sentiu um conforto imediato. Era a sua primeira vez pisando em uma praia e achou a sensação incrível, até começar a esquentar e ter de dar pulinhos até pôr os sapatos de volta. Ela quis seguir Navin, mas ele desconversou.

— Vou a um lugar em que você não pode ir.

Javier entendeu de imediato e quis levá-la para a feira, mas ela, inocentemente, insistiu com Navin:

— Se for a algum bar, eu posso ficar quieta — ela disse, esperançosa, e Navin coçou a careca, tentando mudar o rumo da conversa.

— Tenho uma tarefa para você, ruivinha. — Bagunçou o cabelo curtinho da garota. — Pode me trazer um barril de... hum... rum? — Deu de ombros, querendo apenas despistá-la.

Mas Marina levou a missão a sério, afinal tinha aprendido desde muito nova a ser obediente. Por mais liberdade que tivesse agora, sempre que ouvia um comando, a mente dela voltava a ser subserviente. Seus olhos ficaram sérios, e ela assentiu. Javier riu e passou o braço sobre os ombros dela antes de irem em direção à feira.

— Precisamos de temperos e...

— Preciso fazer algo primeiro — ela o cortou.

— O quê?

— Correr.

Marina adentrou a feira, finalmente podendo correr em uma linha reta sem medo de cair no mar. Ela esbarrou em alguns transeuntes, e Javier correu atrás, sorrindo. Da praia, Mateo observava a facilidade que aquela garota tinha para arrumar amigos e confusão.

Na parte das barracas dos tecidos, onde os longos panos ficavam expostos em varais, ela atravessou todos como um touro que ia de encontro ao pano vermelho. Passou um por um. Eles eram tingidos com cores quentes e vibrantes. Javier a perdeu de vista. Marina tinha virado pela esquerda, pois encontrara uma barraca com objetos de ferro e metais. O cozinheiro pensou que ela estava admirando alguma pulseira ou cordão, mas, para a surpresa dele, encontrou-a esfregando uma lâmpada banhada em ouro com força.

— O que está fazendo?

— Realmente era mentira. — Suspirou ela.

— Você anda ouvindo histórias do Navin... — Javier coçou a nuca, lembrando a diferença de idade e de malícia entre eles. A menina ainda era inocente demais. — Precisamos de pimenta.

— Podemos levar um pouco de carne?

— Ela estragaria em alguns dias, por isso só levamos os temperos e condimentos para acompanhar os peixes, quando pescarmos.

— Mas não podemos fazer jerk spice? — Marina perguntou, lembrando-se de uma receita que tinha visto na TV.

— O que é isso?

— É uma mistura de temperos que leva pimenta-da-Jamaica e pimenta capsicum. Deve ter por aqui. Se juntarmos com a defumação das carnes, podemos conservá-las por algumas semanas. Eu vi na... — interrompeu-se — em um livro.

— Nunca ouvi algo parecido, mas podemos tentar.

Javier achou melhor não subestimar mais a inteligência da garota.

— Preciso levar também alguns ingredientes que o Inaiê me pediu.

— Quem?

— O índio que estava preso comigo.

— Ah! Nesse caso, procure o que precisa. Vou pegar os condimentos, as carnes e essas pimentas para esse tal de jerk. Nos encontramos no início da feira. — Ele lhe deu o dinheiro e partiu.

Marina foi com calma dessa vez, passando por cada barraca, admirando os cestos com temperos em pó. Eram amarelos, vermelhos, marrons, laranja, verdes, um verdadeiro jantar para os olhos. Será que havia curry ali? Nunca tinha provado comida com esse tempero, mas ele sempre aparecia nos programas de receita. O cheiro era uma maravilhosa mistura bagunçada. Tentou se concentrar e lembrar o que o Inaiê havia pedido. *Caruru é o mesmo que quiabo-roxo, certo?* Procurou nas barracas e perguntou ao dono de uma delas:

— Quanto é o quiabo-roxo?

Ele a encarou confuso e balançou a cabeça para os lados sem entender. Então, ela apontou.

— Ah, fruto da flor da Jamaica — explicou. — É meio xelim britânico.

Ela pagou e continuou a busca. Não encontrou tudo, mas achou a maioria e, com o sol se pondo, foi encontrar o Javier. O rapaz estava com um tipo de dragão pequeno no pescoço, o que a fez pensar que essa realidade era mais fantástica do que esperava.

— É um filhote de dragão?

— Claro que não. — Ele riu enquanto o animal trocava de um ombro para o outro. — Isso é um draco. É estranho ter um aqui, normalmente vivem na Ásia. Ele voa também. Quer ver?

Jogou o lagarto, que planou no ar ao abrir suas pequenas asas escamosas.

— De tudo que sonhei que viveria dentro daquela jaula, isso é algo que não esperava ver.

— Jaula? — ele questionou, confuso.

— Deixa para lá.

Foram em direção ao navio.

Vendo-a sair tão feliz do porto e rindo ao lado daquele cozinheiro, Mateo se sentiu triste. Ele ficava na praia sempre que aportavam. Já tinha estado na Jamaica tantas vezes que não havia nada de novo para ver. Não era ciúmes, a sensação era mais como perder alguém. Pela primeira vez naquele navio, sentia que estava sendo ouvido, que poderia criar um laço com uma pessoa que não tinha interesse nele só por causa da mãe. Seu coração desejava, lá no fundo, que ela ainda estivesse presa. Então Mateo abaixou a cabeça, sentindo-se envergonhado por parecer tão egoísta quanto a capitã.

Marina foi animada até Inaiê para perguntar o que o garoto queria comer com os ingredientes que pedira.

— Eu senti o cheiro da terra quando atracamos. Sinto saudades de casa.

— Gostaria de poder dizer o mesmo... — suspirou, resignada. — Mas você pode matar a saudade comendo o que quiser!

Marina tirou os ingredientes da bolsa. Ela pôde ver os olhos do amigo brilhando. Ele contou passo a passo como deveria fazer a receita. Em seguida, ela foi correndo para a cozinha e repassou tudo para Javier, mas ele não foi muito receptivo com a ideia.

— Desde quando isso aqui virou uma taverna de prisioneiros? Eu entendo que comprou o que queria com o seu dinheiro, mas se eu fosse cozinhar algo diferente para cada um nesse navio, não teria mais braços. Se realmente quer agradar esse índio, cozinhe você mesma.

— Mas eu só sei o básico que você me ensinou.

— Isso aqui não é uma família. Pensei que já tinha entendido isso. É melhor inventar um jeito de aprender.

Ele não foi rude, pareceu só aconselhá-la de um modo fraternal. Era algo que ela não estava acostumada, devido à falta de amor familiar. Era estranho, porém se sentia bem em ter a liberdade de descobrir algo sozinha. A cozinha era quente e avermelhada, principalmente por conta do forno à lenha e da falta de janelas. Marina queimou um pouco a comida, mas tudo tinha um cheiro bom e parecia delicioso.

Demorou horas até seguir cada passo dito por Inaiê e, quando terminou, já era de manhã. Saiu da cozinha e levou uma bandeja de madeira com cuidado para a prisão. Percebeu que Mateo também já estava lá, fazendo a leitura matinal.

— Por que trouxe comida tão cedo? — perguntou, surpreso.

— Porque seria uma tortura deixar o Inaiê sozinho te ouvindo a essa hora — respondeu, em um tom provocador.

— Ora essa! — Mateo resmungou, mas abriu o sorriso mais discreto que conseguiu.

Inaiê já devorava o prato, fechando os olhos de prazer ao se deliciar com a comida, enquanto Mateo começava a leitura.

— "O que as suas mãos tiverem que fazer, que o façam com toda a sua força, pois na sepultura, para onde você vai, não há atividade nem planejamento, não há conhecimento nem sabedoria."

Esse versículo ficou gravado por anos na mente dela, porque Marina o levou tão a sério que decidiu conhecer cada canto daquele novo mundo. Por isso, ao saber desse desejo, Navin a afastou da cozinha por um dia para ensinar sobre nós de marinheiro, o que acabou sendo chato e repetitivo. As histórias de Navin eram muito mais interessantes, porém, quando se tratava do navio, ele virava um inquisidor.

— Qual o nome deste nó? — perguntou pela terceira vez.

— Nó oito — respondeu ela, com convicção.

— Não, é o nó de frade. Vamos revisar.

Marina revirou os olhos. Ela costumava ser disciplinada por ajudar no laboratório, contudo a liberdade a deixara seletiva sobre onde depositaria sua atenção. Então, ela começou a prestar atenção de verdade, só que, desta vez, no rosto de Navin. Além nas linhas de expressão, por conta da idade, ele tinha manchas espalhadas pela face. Também parecia suado demais, mesmo para um homem grande, de quase dois metros. Desse modo, ela subiu em um barril e colocou a mão na testa dele, que arqueou as sobrancelhas, surpreso e sorrindo.

— Você está com escorbuto. — Marina cruzou os braços, ainda em cima do barril. — Espera um minuto — ela o interrompeu antes que ele falasse e pulou do barril em direção à dispensa da cozinha. Voltou ofegante, arrastando um saco. — Uma vez, li que Vasco da Gama, em uma viagem, tinha uma tripulação de cento e setenta marujos. No fim, só restaram cinquenta e quatro, os outros morreram de escorbuto. Isso não vai acontecer nesse navio. — Ela abriu o saco, que tinha o tamanho dela. O primeiro imediato viu uma quantidade absurda de limões. — Ninguém vai morrer na minha frente. De novo, não. — O semblante dela se tornou sombrio.

Navin ria, descontrolado. Ele acabara de conhecê-la e, naquele momento, não notou que aquilo era mais que uma promessa, chegava a ser um medo irracional que a impulsionava a proteger todos que amava.

# ODISSEIA

## HOMERO

Era metade do dia, e o céu estava fechado, cinza como uma pedra. Seria a primeira chuva que Marina enfrentaria no Vingança da Rainha Ana. Navin a preparou para isso. Falou que agora que ela tinha aprendido sobre os nós, teria de deixar a cozinha um pouco e ajudar a reforçar as cordas do convés. Foi o que ela fez. Chovia com violência enquanto ela usava toda a força nas cordas, para que um erro seu não derrubasse as velas.

Depois disso, voltou para seus aposentos. Ainda era estranho ter todo aquele espaço, embora não soubesse de dois fatos: o primeiro era que o quarto não era tão grande se comparado a qualquer quarto normal; o segundo era que havia uma porta bem atrás da penteadeira, que ligava o compartimento dela ao de Mateo.

Quando a noite caiu e os trovões pareciam estar estourando ao lado do rosto dela, o que trouxe a memória da explosão e da irmã, Marina se levantou em um sobressalto e começou a chorar tudo o que tinha segurado nas últimas semanas. Doía muito mais do que tudo que o pai tinha feito com ela. Os olhos ardiam e o peito apertava. O choro estava tão alto que era maior que o som da tempestade.

Mateo estava desenhando em um caderninho preto, sentado no próprio quarto, do outro lado da porta, quando ouviu o choro. Ele ficou preocupado com Marina, mas no momento que estava com a mão na maçaneta, inspirou e recuou. Talvez fosse um momento íntimo demais para ele chegar de surpresa e oferecer apoio. Então, Mateo só se sentou de costas para a porta e orou por ela.

Marina sentiu, bem nesse momento, uma sensação de consolo invadindo seu peito. As lágrimas ainda caíam pelo rosto, mas já conseguia respirar e se acalmar até ir se sentando na cama. *Chorar não vai mudar a realidade.* Havia parado completamente quando uma onda enorme bateu na lateral do navio, fazendo com que caísse da cama e com que Mateo batesse a cabeça com força na porta.

— Ai! — gritou ele.

Marina ouviu e se assustou.

— Quem está aí?!

Ela olhou em volta e começou a se aproximar das paredes, com medo de que alguém a estivesse observando.

Mateo ficou com vergonha, levantou-se e abriu a porta, empurrando a penteadeira.

— Me perdoe a intromissão.

— O que é que está acontecendo aqui? Por que você tem uma porta que dá no meu quarto?!

— Eu não queria incomodá-la, sinto muito! Esse quarto... — ele passou a mão pela penteadeira e suspirou — era da minha irmã.

Mateo olhou nos olhos dela com uma ternura que Marina nunca tinha visto.

— Era?

Marina notou o verbo no passado e se surpreendeu. Não tinha certeza de que havia existido outra mulher naquela tripulação.

— Ela era cinco anos mais velha que eu e nós dois ajudávamos o papai no navio. Eu não era tão experiente, então, numa noite como essa, fiquei no meu quarto sob ordem de minha mãe. Foi a pior tempestade que já vimos; ondas se chocavam uma após a outra. Já estava acostumado com o movimento, então apenas dormi. Quando acordei, esse quarto estava vazio, e meus pais vieram, juntos, conversar comigo, algo que nunca acontecera antes. Ela caiu do navio e foi levada pelo mar em segundos. Não teve velório, nem corpo. Minha irmã só... desapareceu — finalizou, hesitante e um tanto embaraçado pelo desabafo repentino.

Marina realmente entendeu o sentimento dele. Afinal, Mônica também tinha desaparecido de sua vida, de uma forma diferente, mas também definitiva. Ela não sabia bem o que dizer e todas as respostas pareciam vagas e babacas. Sem saber formular as palavras, olhou nos olhos dele e comprimiu os lábios em forma de empatia, acenando com a cabeça. Foi o suficiente para que ele continuasse:

— Depois disso, senti a perda de uma maneira quase insuportável. Foi por esse motivo que decidi nunca mais ferir ou matar, para não infligir essa dor em mais ninguém. Mas a dor da perda me deixou tão desesperado que até pensei em pular do navio — revelou, passando a mão na nuca e no próprio cabelo, tenso.

Ela se aproximou e passou a mão nas costas dele, tentando consolá-lo. Mateo acenou em sua direção, demonstrando que era apenas uma lembrança distante.

— Foi quando encontrei uma Bíblia, depois que o nosso navio saqueou uma caravela espanhola. Pouco a pouco, fui confortado. Agora sinto que toda essa ganância e sede de sangue que minha mãe possui são fúteis. Se ela terminar como o meu pai ou como minha irmã, só vai sobrar um monte de dinheiro que não gastaram e que continua se acumulando. Então, eu... estarei sozinho.

Aquele pareceu ser o fim do desabafo. Marina ainda não sabia como reagir e apenas apertou a mão dele em sinal de apreço. Aquele gesto significou mais do que qualquer palavra que ela pudesse dizer.

– Eu também perdi uma irmã – revelou, sem que pudesse se conter.

Ele entendeu que Marina sentia o mesmo que ele sentira no passado. Havia agora uma ligação entre os dois: respeito verdadeiro e algo em comum. Apesar da distância histórica e das diferenças culturais entre os dois, Marina achava bom conhecer alguém que havia sofrido a mesma perda que ela, que compreendesse a sua angústia, ainda que não precisasse contá-la.

Depois que o silêncio no quarto durou tempo demais, Mateo se levantou, batendo nas pernas e soltando o ar com força.

– Então... acho melhor a gente dormir. – Parou na porta e se virou. – Eu fico feliz de ter desabafado. Obrigado por isso.

A noite seguinte chegou rápida e, com ela, mais uma tempestade. Dessa vez, contudo, os baques na lateral do navio eram diferentes. Dava para ver isso na expressão furtiva e desesperada de Mateo quando irrompeu pela porta do quarto de Marina, indo em direção ao convés. Ela o seguiu e o que viu era bem mais surreal que qualquer história em quadrinhos. Tentáculos vermelhos enormes envolviam o mastro e parte da proa. A luz dos relâmpagos deixava tudo mais sombrio.

– Desgruda os pés do chão! – Javier gritou, e ela reagiu como se saísse de um transe.

Um polvo gigante realmente estava atacando o navio, e Marina não teve tempo de pensar, só pegou no ar um cutelo que o amigo cozinheiro jogou. Havia muita confusão. Uma gritaria inaudível e baques consecutivos dos tentáculos faziam com que ela não soubesse para onde ir. *Parece a Odisseia!*

O estado de choque passou quando viu uma sombra rápida e feroz pulando sobre um dos braços do polvo, enfiando nele um arpão e o pregando na proa do navio. Era ninguém menos que Mateo. Ele tinha os olhos de um assassino, opacos. O sangue do polvo espirrou no rosto dele, que gritou, pulando para mais um tentáculo com o outro arpão que havia amarrado às costas.

Foi nesse momento que o rosto do polvo surgiu. Tinha uns dez metros e mais um tentáculo, que estava quase atingindo o Mateo. Marina não ficaria só olhando, ela correu como nunca tinha corrido na vida. Sabia que ele poderia ser esmagado, mas não permitiria isso. Deu um salto tão alto quanto um jogador de basquete e, com as duas mãos no cutelo, cortou metade do tentáculo com um grito explosivo de fúria. Mateo só pôde se virar quando a parte amputada do animal caiu na sua frente. O polvo deu um grunhido atordoado, e instintivamente os dois marujos pensaram o mesmo: mirar nos olhos. Marina foi pela direita e Mateo arrancou um arpão ensanguentado, indo pela esquerda.

A fera ia descendo para o mar quando os dois pularam sem hesitar em cima dele. Mateo fincou o arpão em um olho e ficou pendurado, mas Marina errou e se agarrou na pele escorregadia com as unhas da mão esquerda. Com a outra mão, segurava o cutelo. Percebeu que só estava a meio metro do olho e fez um pêndulo com o próprio corpo. A mão doía demais, estava tensa, mas ela moveu o corpo em direção ao olho e o cegou de vez. O polvo gigante foi caindo com a cabeça para trás. Ela soltou o próprio corpo e se agarrou na saída de um dos canhões, na lateral do Vingança da Rainha Ana. Mateo tentou fazer o mesmo, mas escorregou e se agarrou aos pés da garota.

Navin jogou uma corda, que ela agarrou com fúria. Só com um puxão forte, o primeiro imediato trouxe os dois de volta ao convés. Eles hiperventilavam e estavam cobertos de sangue, gosma e marcas de ventosas na pele.

— Pelo menos — Marina falou, ainda tentando respirar — vou poder provar sushi no jantar.

Só ela riu, porque ninguém ali sabia o que era sushi.

Na manhã seguinte, ainda estava nublado, mas não ameaçava chover. Sereia Negra a chamou para tomar café da manhã em sua cabine. Quando ela bateu na porta, e a capitã abriu, finalmente percebeu o que era um quarto grande.

O teto e as paredes eram de madeira, e o chão estava ocupado por um carpete vinho. Havia quatro cadeiras e uma mesa no canto do quarto, todos talhados em ouro. Havia também uma enorme cama de casal, com caros lençóis, porém o que mais chamou a sua atenção foram os seis baús semiescondidos atrás da cama. Com certeza era aquele tesouro sem *valor moral* que Mateo tinha mencionado.

— Beba comigo. — Ela estendeu uma caneca em formato de caveira para Marina, que, depois de tomar um gole, percebeu que era alcoólico e cuspiu. Sereia Negra riu, dando tapinhas na mesa. — Primeira vez que bebe? Imagine se soubesse que é a caveira do meu pai que está segurando. — A garota ameaçou vomitar, porém se conteve. — Estou brincando, foi entalhado em osso de baleia. Gosto dessas canecas, vieram junto com o saque a um navio baleeiro. Não precisa beber se não quiser — comentou, ao ver a angústia da jovem. — Soube o que fez com o meu filho ontem.

Por algum motivo, Marina se esqueceu do polvo e achou que a capitã estava nervosa com a aproximação dos dois. Ficou estática enquanto ela continuava:

— Não vi o que aconteceu, porque estava com os canhões, tentando evitar que a pólvora fosse molhada, mas você já fez mais do que alguns dos meus homens. Quero que receba um treinamento adequado. Mateo ficará responsável por isso.

Não era o que Marina esperava. Ficou em silêncio, até que Mateo entrou pela porta, contrariado por estar ali.

— Vamos — ele a chamou, sem cerimônias.

A capitã bufou impaciente ao ver os dois saindo juntos da sua cabine. Foram até o convés.

— Pensei que fosse pacifista — Marina provocou-o, levemente constrangida.

— E eu que você não era do tipo que falava muito.

Ele ergueu os punhos.

— Já quer lutar? Não deveria me preparar primeiro?

— Quero ver como luta.

— Ok.

Ela o imitou.

Mateo começou andando de lado, mas sem cruzar as pernas. Ela só ficou no centro, seguindo-o com os olhos. Apesar disso, não o viu quando, rapidamente, foi para trás dela e a derrubou com uma rasteira. Mesmo com Marina caída, Mateo foi para cima, desferindo socos leves, que ela conseguiu bloquear com os braços, mas se irritou ao notar que ele estava pegando leve demais e, ainda assim, ela estava perdendo.

— Mantenha os braços erguidos a uma relativa distância do rosto — disse, ao se levantar e parar a luta. — Agora, dobre um pouco os joelhos. Você precisa de base. Se mantiver a perna reta, não terá como se manter em pé com o impacto. Chega mais perto. — Ele colocou as mãos no ombro dela e a instruiu a fazer o mesmo. Começaram a empurrar em direções opostas, tentando derrubar um ao outro. De repente, Mateo a puxou para frente, o que a fez cair de cara no chão. – Você é uma pirata agora, tem que esperar que façam o pior tipo de ataque.

Sem dar tempo para que absorvesse tudo, ele enfiou o dedo no olho dela.

– O que é isso?!

– O que te falei sobre seus braços? Mantenha-os sempre protegendo o rosto.

– Você não parece muito feliz em me treinar – Marina acusou, irritada.

– Olha... – Suspirou. – Eu já quis ir embora e pregar a Palavra de Deus pelo mundo, mas o pagamento pela cabeça da minha mãe é muito alto. Caçadores de recompensa, ou a própria Marinha, me capturariam só para chegar até ela. Então, não importa se estou feliz ou não. Se tenho que ficar nesse navio, é melhor obedecer. Ela pode se tornar violenta muito rápido.

# DOM CASMURRO

## MACHADO DE ASSIS

Três meses depois, a rotina era inevitável e a comida estava escassa.

— Queria um pouco de ação.

— Não queira. — Mateo cruzou os braços e apoiou as costas na lateral direita do navio. — Não seria como a vez do polvo, e você não está pronta para ver alguém sendo morto.

— Eu já vi.

Marina baixou os olhos.

— Ver alguém morrer e ver alguém sendo morto são experiências completamente diferentes.

Marina notou que os olhos dele ficaram vazios, como quando atacou o polvo.

— Você passou por experiências horríveis, imagino — ela arriscou.

— Não precisa de muito para perceber isso, não é? Ainda não estou à vontade para te contar tudo de uma vez, mas talvez um dia...

O som de explosão interrompeu a conversa. As lembranças fizeram o corpo de Marina estremecer, como se levasse um choque.

— Marinha Britânica! — alguém gritou em inglês, idioma que já estava mais incutido na mente dela que o próprio português depois daquele meio tempo no mar.

O Vingança da Rainha Ana estremeceu com o que deveria ter sido uma bala de canhão. Mateo pegou Marina pelo pulso e correu para a cabine dele. Ela se debateu, tentando se desvencilhar.

— Temos que ajudar!

— Você ainda não tem treinamento para uma luta real! Vai morrer antes de dar o primeiro soco! — gritou, forçando-a a entrar no quarto dele.

— Eu não quero que me subestime! Preciso proteger meus amigos. Se acontecer algo com o Javier, Navin ou Ianiê, não vou me perdoar!

Ela tentava sair pela porta que dava acesso ao próprio quarto, mas ele a bloqueou com o corpo. O navio teve outro baque, e os dois caíram no chão. Marina tentou sair engatinhando pela porta. Estava determinada a lutar a favor de todos, mas Mateo a pegou pelo tornozelo e a puxou para perto. Ela, por sua vez, deu um soco tão forte no estômago dele que Mateo precisou de alguns segundos para entender o que tinha acontecido. Quando a garota estava quase saindo pela porta, ele pulou em cima dela e usou o próprio peso para mantê-la no chão. Os dois podiam ouvir os gritos e os disparos das pistolas do lado de fora.

Ele estava cansado e frustrado, por isso apenas sussurrou no ouvido dela:

— Eu sei que quer proteger a todos, mas permita, uma vez na sua vida, que alguém proteja você — pediu, olhando nos olhos dela, buscando qualquer sinal de que havia se acalmado.

Era estranho. Mateo realmente queria cuidar dela.

Sem saber como reagir, Marina se levantou e ficou no canto do quarto, desejando ir para o mais longe possível dele. O momento que se seguiu não pôde ser chamado de silêncio constrangedor, porque dava para ouvir os sons de espadas tinindo, pistolas e canhões sendo disparados.

Quando o silêncio imperou, Mateo conseguiu ouvir a mãe dizendo que já poderiam sair. Marina notou que ele estava receoso, como se uma vitória fosse um final desagradável. Ao saírem da cabine, viram dez homens ajoelhados com as mãos amarradas às costas. O convés estava parcialmente destruído pelas balas dos canhões, com lascas e tábuas de madeira por todo lado.

— Perdi vinte dos meus melhores homens — Sereia Negra bradou entredentes e fitou Marina. — Vou reaver um hoje — disse, estendendo um facão para ela, que o pegou aos tropeços, pelo peso da arma, que tinha a metade do seu tamanho. Depois, a capitã apontou o dedo para a fileira de homens e ordenou: — Mate-os.

A tripulação bradou vibrante em poder ver sangue dos inimigos e o *batismo* da nova recruta. Marina não conseguia respirar, o peito doía. Teria mesmo de matar pessoas indefesas? Ela tentou erguer o facão, mas, depois de olhar de relance para Mateo, baixou a arma e suspirou.

— Tenho mais medo de matar alguém do que de morrer.

— Vamos testar.

A capitã tirou a pistola da bainha e apontou para a cabeça da garota.

— Mãe, por...

— Essa bala só não vai à sua cabeça porque você tem meu sangue. — Ela aumentou o tom de voz e colocou o dedo no gatilho. — Então é melhor ficar quieto, Mateo.

A adrenalina percorreu o sangue da garota, já estava cansada de todo mundo dizer o que tinha de fazer. Se fosse para morrer, faria isso com a honra que a irmã teve ao dar a vida tentando salvá-la. Com o cano da arma na nuca, ela foi virando com calma, até sentir a ponta fria na testa.

— Pode atirar.

Marina franziu o cenho.

— Assim perde toda a graça. — A Sereia Negra esboçou um sorriso no canto da boca e guardou a pistola, pegando o facão da mão dela. — Você me inquieta, menina, mas não gosto da sua rebeldia.

O suspiro de alívio de Mateo foi tão alto que percorreu todo o convés. A capitã girou o facão na mão direita enquanto assobiava. Ela o ergueu e decapitou o primeiro da fila. O segundo começou a implorar:

— Por favor, eu tenho filhos! Eu implo...

A cabeça dele rolou antes que terminasse a sentença. O sangue espirrou na roupa de Marina, que vomitou em seguida.

Sereia Negra arrancou com força a cabeça de um por um, ao som dos brados da tripulação, que as chutava para fora do navio. Ela levantou a cabeça do último, dando um grito doentio de felicidade, cada parte da sua roupa estava banhada de sangue. Era uma cena macabra. Seus olhos eram algo sombrio, como o vazio que vira nos olhos de Mateo na luta contra o polvo. Aqueles olhos, na capitã, lembravam Capitu. Marina sempre tentou entender aquela personagem e, especialmente, por que seus olhos eram tão fascinantes. A capitã era envolvente e parecia confiável, mas a garota sabia que havia algo errado. Porém percebeu tarde demais que o problema estava naquele olhar, não oblíquo ou dissimulado, mas vazio, como sangue espesso e ressecado.

A garota tentou voltar para o quarto, mas a capitã a impediu.

— Você, vá aos meus aposentos — ordenou, apontando o facão para ela e depois para a porta da cabine. Quando Marina se moveu, ela a interrompeu: — Depois que limpar essa sujeira.

Sereia Negra ficou ali, observando-a conter a ânsia de vômito e passando o esfregão pelo piso ensanguentado. Felizmente, não teve de mover os corpos. Eram muitos e pesados, e os marujos os arrastaram para longe, jogando-os no mar para reencontrar suas cabeças.

Ao entrar na cabine, Marina se sentou na cadeira da mesa de planejamento, onde havia mapas e uma luneta espalhados. A capitã entrou depois dela e se afundou na cadeira à sua frente. O cheiro de sangue a havia deixado com náuseas, mas Sereia Negra estava acostumada, era como se estivesse coberta do mais natural perfume.

— Sabe como meu marido morreu?

— Sim, senhora.

Marina abaixou os olhos.

A capitã suspirou. Sentia-se solitária, mas não desejava carinho, drama ou compaixão. Só não queria ter de explicar todos os pequenos detalhes para cada tripulante. Era como ser a mãe de dezenas de homens e aquilo estava ficando chato. Seria tão interessante ter alguém inteligente naquele navio, qualquer um para conversar sobre algo que não fosse rum, contos de sereia ou saques. Achava que provavelmente Marina seria essa pessoa, mas a menina estava dificultando.

— Vou te explicar do meu ponto de vista: faz três anos que soube da morte do meu marido na Ilha de Ocracoke. Mesmo depois de receber o perdão real, foi baleado por aquele maldito tenente Maynard. — Deu um soco na mesa, marcando-a com um punho de sangue. — Foram cinco tiros e vinte cortes. Prenderam a cabeça dele no gurupés da chalupa daquele desgraçado. O corpo, eles jogaram em um estuário. Eu sequer pude velá-lo.

A capitã abaixou a cabeça, e Marina se perguntou se ela tentava esconder alguma lágrima. Contudo, logo retomou seu relato, com o rosto impassível:

— A morte nunca é algo feliz, mas você faz parte da minha tripulação agora. A primeira morte é sempre difícil. Depois, fica mais fácil, costumeiro. Por isso amarrei aqueles homens, para ser simples, limpo. Se dificultar de novo, vai dormir com os tubarões. Entendido?

— Sim, senhora. — Foi tudo o que pôde dizer, até que notou os mapas. — Estamos indo a Nassau?

— Sabe ler? — A capitã se levantou com as mãos na mesa.

— Sim, senhora.

Baixou os olhos, pensando estar em apuros de novo.

— Leia isso.

Sereia Negra apontou uma carta escrita à mão.

— "Se faz necessária sua presença em Nassau. Com a ausência de quase um ano de retorno dos demais capitães, queremos financiar seus saques."

— Pare. Você será útil. Mesmo que seja covarde, pode me ajudar com a navegação.

— Ninguém mais no navio sabe ler?

— A maior parte da tripulação é composta por bandidos de estrada, filhos rebeldes de pescadores, mercadores ou órfãos que queriam algum dinheiro. Pouca gente aqui recebeu instrução e mesmo estes, se quisessem ler, teriam sido eruditos e não piratas. Você não tem essa opção, porque não contribui com a luta. Vou te ensinar sobre navegação e traçará uma rota para a Ilha dos Piratas.

# VOLTA AO MUNDO EM 80 DIAS

## JÚLIO VERNE

— O que é isso?

— Uma balestilha.

Parecia uma mistura de régua com arco e flecha. Marina observava enquanto Sereia Negra parecia estranhamente animada em ensinar sobre aquele treco.

— Como se usa?

— Eu vou mostrar, mas tem que ser à noite. Esse instrumento precisa de estrelas para calcular a rota. Isso aqui — a capitã apontou — é o virote. Você tem que olhar uma das extremidades através de uma pínula. A parte de cima tem que coincidir com a estrela e a de baixo com a linha do horizonte do mar.

— Como é?

— Acho que é melhor você aprender com o Navin sobre a medição da velocidade — disse, com um sorriso no rosto, mas um pouco impaciente.

Marina obedeceu, indo até o primeiro imediato. Ele usava um tapa-olho, o que estranhou, mas achou melhor não comentar.

— Pode me ajudar?

— Sim, ruivinha. Do que precisa?

— Aprender sobre a velocidade.

— Falou com o homem certo. É bem simples, essa é uma barca. — Ele tocou o objeto, que parecia um carretel posto de lado, e foi puxando a corda. — Você coloca essa corda com o pêndulo no fim e deixa por um tempo no mar. Está vendo esses nós? Quando puxar, você mede a velocidade pelo número de nós. Veja e me diga a nossa velocidade — pediu, passando-lhe a corda.

— Três nós — ela respondeu depois de verificar.

— Muito bom. Poderia ser rápida assim para decorar os nomes dos nós. Mas, agora, é melhor voltar para a cozinha. Javier precisa da sua ajuda.

Ao descer as escadas, viu que o cozinheiro estava suado e nervoso, correndo de uma panela para outra.

— Você demorou!

— Desculpa. Estava aprendendo sobre navegação.

Javier bateu a panela que tinha em mãos na mesa da cozinha.

— Está sendo ingênua! Acha que isso é algum livro de aventura? Um conto de fadas? — Ele arregaçou a manga direita da camisa, revelando uma cicatriz enorme de queimadura. Suspirou antes de continuar: — Certo dia, a capitã não gostou da minha comida e enfiou meu braço no fogo. Nunca mais deixei queimar um prato nesse navio. Nunca mais confiei em alguém, e você também não deveria. — Realocou a panela nos braços e voltou a mexer com velocidade a pasta dentro dela. — Isso é só um trabalho e ninguém aqui é seu amigo. Trata de aprender isso — alertou.

Não falaram mais nada. Não era como se ela se sentisse ofendida pelo que ele dissera, mas sua reação a surpreendeu. Era difícil não depositar confiança em alguém que dava um pouco de atenção a ela, ainda mais depois de nunca ter recebido carinho de qualquer um que não fosse sua irmã. Marina não tinha parado para pensar que talvez aquele fosse um péssimo lugar para ficar. Não havia lealdade ou amizade entre piratas. Era tão óbvio: ela estava cega com a fantasia! Javier estava certo, mas que opção ela tinha? A ordem de aprender sobre navegação vinha da capitã.

Ela teve tempo para refletir sobre aquela conversa nos dias que se seguiram, enquanto aprendia sobre todos os instrumentos necessários a um navio. Em duas semanas, conseguiu traçar a rota para Nassau com facilidade. Queria acelerar o tempo, por isso pediu que Navin içasse todas as velas e, de três nós, a velocidade foi para sete. O navio chegou mais rápido do que o esperado. Ainda assim, Marina concluiu que Júlio Verne realmente escrevia ficção. Naquele navio não daria, de forma alguma, para rodear o mundo em oitenta dias.

Nassau era tão lindo quanto a Jamaica. A areia era tão branca que, quando refletia o sol, chegava a cegar. O porto era mais tranquilo também. A ilha era bem pequena, e o farol branco e vermelho se destacava no meio das palmeiras. Ficariam ali por sete dias, o que não era comum, mas como tinham chegado antes do previsto e a capitã tinha negociações agendadas, serviria como um tempo de descanso e lazer para os marujos.

Marina passou a maioria dos dias na praia, porque, mesmo depois de tanto tempo na tripulação, não sabia nadar. Quem se incumbiu de ensiná-la foi Javier, que estava desocupado, já que os homens preferiam comer na cidade para variar.

— Estica mais esse braço! — ele gritava, segurando-a pela barriga.

Pensou em dizer algum desaforo, sabendo que o cozinheiro tinha pavio curto, mas achou melhor não abusar. Engolia água e tossia sem parar, debatia-se freneticamente, até que, depois de uma hora, começou a melhorar. *Até que enfim*!

Nadou por dez metros sem ajuda. A água era transparente e a sensação era de estar voando. Depois disso, voltaram para o acampamento na praia, onde Marina dormiu como uma pedra até a manhã seguinte, que foi ainda mais pesada.

— Acho que consigo nadar melhor que você — Marina retorquiu com a confiança de sempre, enquanto nadava ao lado de Javier.

— Já que vamos ficar aqui por uma semana, vai treinando e antes de partir veremos quem leva a melhor.

Treinou todos os dias, do nascer ao pôr-do-sol, decidida a ser uma nadadora exímia. E, como se tivesse adquirido uma força extrema, descobriu que aquilo tinha se tornado fácil. Ainda engolia um pouco de água de vez em quando, mas nunca sentia câimbra e as braçadas se tornaram cada vez mais longas. Conseguia prender o fôlego por muito mais tempo que Javier e conseguiu vencê-lo na aposta de sessenta metros.

Apesar de tudo isso, não conseguia tirar da cabeça a desconfiança por todos no navio, como Javier tinha avisado. No último dia antes de partirem, acordou decidida a tirar tudo a limpo. Ao seguir Navin, para ver se ele era tão bom quanto demonstrava, ela não parava de pensar que aquilo poderia ser uma ideia ruim. Mas, dependendo do que ele fizesse nesse lugar misterioso que visitava, fugiria da tripulação e tentaria outra vida.

A cidade do porto era bem cheia, mas a população, em sua maioria, era de bêbados, piratas e ladrões. Começou a ter medo quando o amigo entrou em um bar, mas se convenceu a segui-lo, ficando escondida atrás de um barril.

— O que temos aqui? — perguntou um homem barbudo e claramente bêbado, ao colocar a mão no ombro dela. — Não está muito jovem para levar essa vida? — Havia malícia nas palavras dele, e a garota finalmente entendeu que aquilo não era um bar, mas um bordel.

Já havia visto aqueles locais em filmes de época.

— Tira as mãos de mim! — ela gritou quando ele a puxou com um braço e apoiou a outra mão no barril.

Desesperada, Marina tirou o punhal da cintura e esfaqueou a mão dele, o grampeando no barril e conseguindo fugir. Ela chorava, tremia de medo e corria o mais rápido que podia para o navio. Abraçou o primeiro que viu, buscando proteção. Por acaso, era Mateo. O colar de crucifixo dele se encostou à bochecha dela. Era gelado, mas reconfortante.

— O que houve? — perguntou, afastando-a um pouco.

Percebeu também que Marina cheirava bem, mesmo em um lugar como aquele. *Isso não é importante, procure saber o que aconteceu.*

— Um homem tentou me atacar. Foi horrível, Mateo.

— Você está segura agora.

Abraçou-a e apertou a cabeça dela contra o peito.

Nesse momento, a ideia de fugir do navio já tinha sido esquecida. Estava bem claro que nenhum lugar seria seguro para ela se não tivesse, pelo menos, uma família, amigos que a protegessem ou poder. Este último, ela pretendia conquistar com a ajuda da Sereia Negra. Após se acalmar, desabafou com Mateo tudo o que tinha acontecido.

— Como mulher, minha mãe ganhou respeito através da violência. Sei que foi só para se defender que esfaqueou alguém, mas espero que seja diferente dela.

— Eu sou, mas não preciso me reportar a você. — Afastou-se dele, contrariada por seu foco voltar-se para isso e não para o que sofrera. — Para qualquer homem nessa ilha sou igual a ela: só mais uma mulher, sem voz ou liberdade que não sejam tomadas a força. Então, não me importo com o que você pensa, pois também se acha superior só porque tem mais fé.

Mateo queria avisá-la para não descontar em todas as pessoas aquilo que só um homem havia feito, exatamente como a mãe fazia, sempre matando os inimigos, pensando no assassino do pai dele. Tinha muito medo de que Marina tomasse o mesmo caminho. Embora ele tivesse se expressado de forma rude e insensível, só depois notou que ela se trancara no quarto com raiva de seu comentário.

Com o cair da noite, a capitã voltou ao navio com alguns homens. Visivelmente irritada, foi em direção à garota e deu-lhe um soco na barriga.

— Você estragou minhas negociações!

— Eu juro... que não fiz nada... — Marina respondeu, tentando puxar o ar.

— Então não esfaqueou um dos piratas do Henry Every?

— Ele tentou me... *atacar*!

O semblante da Sereia Negra caiu, fechou os olhos e depois pegou a menina pelo braço, levando-a para a cabine.

— Está na sua razão. Eu o teria matado se pudesse. Mas para o Rei dos Piratas isso não é justificável. Perdi o investimento. — Pausou por um momento, considerando se deveria revelar aquela história. Por fim, decidiu-se: — Vou te contar algo que aconteceu já tem algum tempo. Quando me casei com o Edward Teach, eu tinha dezesseis anos. Um dia, dei algumas ideias para ele sobre o navio. Ele não gostou e me deu de *presente* para a tripulação. Matei dez homens, e outros dez mutilei. Ninguém tentou encostar um dedo em mim depois disso. Não quero te dar lição de moral, porém você não tem minha confiança, nem demonstrou sua utilidade, além de me causar prejuízo. Então, me diga, o que me impede de te matar agora?

Ansiosa, Marina fitou-a nos olhos e enxergou aquele olhar que se tornava familiar. Foi com um clarão de temor que a resposta para aquela ameaça lhe veio: todos os tesouros encontrados séculos mais tarde ainda estavam enterrados, e Marina sabia onde encontrá-los.

— Posso te deixar rica. Eu sei onde está o tesouro do William Kidd.

# PETER PAN

## J. M. BARRIE

Em torno da mesa estavam o primeiro imediato, a capitã, Marina e o responsável das contas, que a garota descobriu ser o Mateo.

— Não temos condições de ir a Madagascar. — Mateo foi firme.

— Já disse que tenho certeza disso — Marina insistiu. — Só uma peça de prata vai ter cinquenta quilos.

— Você que não entendeu ainda, não temos dinheiro nem mantimentos suficientes.

Ela não sabia se era racionamento ou se havia perdido a confiança nela depois da discussão.

— Meu filho, eu entendo isso — a capitã se pronunciou —, mas o último saque não foi bom e não temos mesmo previsão de conseguir mais nada. Acho melhor arriscar enquanto ainda temos recursos no navio.

Sereia Negra estava do lado da garota.

— Vamos à falência se isso for um engano — alertou Navin, recostando-se na cadeira, pensativo. — Onde mesmo conseguiu essa informação?

*Por que ele usa o tapa-olho mesmo enxergando bem?*

— Em um livro.

O que não era mentira, mas Marina sabia que eles entenderiam se tratar de um livro de itinerários, onde os capitães colocam as rotas, localizações e o inventário.

— Você está com ele? — Navin quis saber.

— Não, mas me lembro exatamente o local do naufrágio.

— Nos endividaríamos ainda mais, além de arriscar perder homens no mar tentando encontrar um barco que nem sabemos se está mesmo lá. — Mateo estava decidido.

— Ninguém vai mergulhar. — Todos olharam para a garota, supondo que ela tinha desistido. — Só eu vou.

— Isso é uma loucura! — Mateo bateu na mesa. — Você é só uma criança!

— E você é o quê? Um adulto? Deixa os adultos de verdade decidirem, então.

Os dois olharam para Navin e Sereia Negra. Estes, por outro lado, entreolharam-se. Navin balançou a cabeça, concordando.

— Está decidido: vamos nessa empreitada — a capitã anunciou. Marina comemorou, sorrindo por dentro, mas Sereia Negra continuou: — Entretanto, se não der certo, o que você me dá como garantia?

— A minha vida — ela respondeu tão seriamente que Navin chegou a aplaudir.

— Corajosa! Só toma cuidado com essas promessas, pequena. — Mesmo mostrando simpatia, toda vez que falava, Navin acabava rosnando um pouquinho.

— E se eu estiver certa?

— Pode me pedir o que quiser.

A capitã começou a cutucar os dentes, despreocupada.

— Eu tenho dois pedidos. O primeiro é a liberdade de Inaiê.

— O índio? Sem problemas. Qual o outro pedido?

— Quero ser contramestre.

Navin e a capitã riram.

— Você precisa de mais preparo, não tem nem um ano a bordo. — Sereia Negra ergueu uma sobrancelha, com ar de desafio. — Mas vou pensar nisso... se conseguir o tesouro, é claro.

Mateo saiu de lá com o semblante fechado, mas aparentando estar preocupado e não com raiva. Marina foi atrás dele, batendo os pés.

— Ei! — Ela abriu a porta do quarto dele de supetão, estava brava por não confiar nela, mas não contava com o fato dele ter tirado a camisa. — Por que não confia na minha palavra? — questionou, tentando ocultar o constrangimento repentino.

— Perdeu o juízo? Respeita o meu quarto! Eu poderia estar pelado! — Ele ficou vermelho, mas Marina nem olhou para o rosto; a barriga trincada chamou mais atenção. Ele notou e puxou o lençol da cama, cobrindo o peito. — Meus olhos estão aqui em cima.

— Perdão. — Ela virou o rosto, envergonhada. — É melhor eu voltar em outro momento.

— Espera... Quer mesmo ser contramestre?

— Já entendi que não tem como viver bem fora desse navio. É melhor progredir nesse ramo.

— O contramestre é uma posição de poder e de incentivo. Vai mesmo instigar a tripulação a matar?

— Não posso ficar nas contas, é uma posição que não precisa de violência, mas já está ocupada por você.

— Se continuar na cozinha também não terá que matar ninguém.

— Pretendo fazer a diferença aqui, Mateo. Não vamos mais precisar saquear navios, só precisamos desenterrar tesouros. Eu tenho o mapa bem aqui — disse, apontando para a própria cabeça.

— Já lhe disseram que é muito ingênua?

— Sim. Já lhe disseram que é arrogante e egoísta?

— Sim. Mas dessa vez não estou nervoso por achar que você está errada. Estou assim porque colocou sua vida como garantia. — Aproximou-se e colocou as mãos nos ombros dela. — Estou preocupado com você, Marina.

Aquilo era novo para ela, como na vez que a escondeu durante o ataque. Sentia-se mal, desconfortável, por alguém estar preocupado com ela. Só agora entendia o tamanho do dano emocional que o pai lhe causara. Ela só pensava em ser útil e não na própria segurança.

— Não precisa me proteger. — Marina tirou as mãos dele de seus ombros e fitou seus olhos. — Eu preciso é que confie em mim.

— Diferente de você, não sou forte a ponto de arriscar a *sua* vida.

— Então, finalmente aprendeu a ter amor ao próximo? — ela provocou, e os dois riram.

— "Amados, amemos uns aos outros, pois o amor procede de Deus. Aquele que ama é nascido de Deus e conhece a Deus. Quem não ama não conhece a Deus, porque Deus é amor." Primeiro João, capítulo quatro, versículos sete a oito — ele citou, sorrindo tristonho.

— Eu gosto mais de "Nisto conhecemos o que é o amor: Jesus Cristo deu a sua vida por nós, e devemos dar *a nossa vida* por nossos irmãos." Capítulo três, versículo dezesseis — Marina disse, com orgulho.

— Você realmente estava me ouvindo?

Ele arregalou os olhos, surpreso, mas contente.

— Fui carente de atenção e ensino quando mais nova. Tive uma infância azeda, pretendo me esforçar para ter uma juventude doce. Se ouvir o seu falatório me ensinar um pouco sobre a vida, então farei isso.

Mateo nunca quis tanto abraçar uma pessoa quanto naquele momento. Ainda assim, conteve-se. Sabia que ela tinha passado por situações assustadoras e não queria passar a impressão errada. Marina saiu do quarto, e ele decidiu trancar a porta, era melhor não ser pego de surpresa enquanto tomava banho.

No mesmo momento, Marina começou a pensar em como foi injusta com o Capitão Gancho quando leu *Peter Pan*. Claro, era um homem estranho que perseguia um garotinho, mas ele não tinha magia, e as obrigações de um pirata podiam ser duras. Ela começou a traçar a navegação e um plano sobre como chegar ao navio no fundo do mar e resgatar o tesouro sem se afogar. Era arriscado, mas não queria ver cabeças rolando no navio novamente. Seria uma boa fonte de renda e, além disso, ajudaria Mateo a cumprir seu objetivo de não ver mais sangue nas mãos da mãe.

*Uma mãe... queria ter isso. Por mais violenta que a Sereia Negra possa ser, ela protege o Mateo. Como seria minha vida se eu tivesse uma mãe assim?* Não era a primeira vez que pensava nisso. Estar em uma realidade alternativa a fazia pensar que em alguma dessas linhas do tempo, a mãe não tinha morrido no parto e ela havia tido uma infância comum, com os pais e a irmã. Suspirou. *Só posso aceitar minha realidade e fazer o meu melhor com isso.*

Era a quinta vez que refazia o mapa. Marina lembrava a longitude e latitude, mas era complicado calcular com o tipo de tecnologia que tinha disponível. Além disso, não era um sistema exato como o GPS, que a irmã lhe mostrara uma vez. Quando chegassem ao local, teria uns cinquenta metros quadrados onde o tesouro poderia estar. Teria de diminuir o perímetro. Era muita pressão para alguém de treze anos. *Espera... faz mais de quatro meses que estou aqui... Então, já tenho quatorze anos. Legal!* Não dava muita importância à data, pois nunca ganhara uma festa de aniversário, mas marcava sempre o dia e ansiava em ficar mais velha, porque, acreditava, conseguiria mais força para se sobrepor ao pai e fugir. Agora não tinha motivo para querer crescer. Ela sabia que boa parte da inocência já lhe fora tirada. Imaginava que ainda teria o que perder. Autopreservação era um instinto que conhecia bem.

Ela deveria ser precisa ao traçar um curso extremamente linear a partir da costa de Madagascar. Então, teriam de atracar na ilha e depois seguir o mais reto possível. Pela falta de recursos, só havia uma rota possível:

— Cabo da Boa Esperança — Marina anunciou.

Havia reunido os outros três, após fazer as contas e revisar os mapas inúmeras vezes em dois dias.

— Impossível — Navin concluiu, mansa.

Era o tipo de pessoa que dizia algo drástico com tranquilidade.

A capitã era o oposto:

— Está com a loucura do mar?! Não vamos conseguir passar pelo Cabo da Tormenta!

— Como planejava ir à Madagascar sem mantimentos? Dando a volta ao mundo? — Marina questionou com ironia, esquecendo-se de com quem estava falando.

— Abaixe o tom de voz ao falar com sua capitã!

— Sim, senhora.

Mas, em vez de baixar a cabeça, olhou fixamente nos olhos da Sereia Negra, com altivez.

— Eu concordo com ela.

Mateo estava de pé atrás da cadeira da garota e pôs a mão no ombro dela.

— Até dois dias atrás, você dizia que era uma loucura — a mãe o lembrou. — O que mudou?

— Nossos mantimentos estão escassos, falei antes e repito agora. Por isso, se vamos apostar nessa caçada, é melhor que seja o mais rápido possível.

— Deixem-nos a sós — a capitã ordenou.

Marina e Mateo saíram, deixando a Sereia Negra e o primeiro imediato conversando. A reunião se arrastou por horas. Uma vez ou outra, dava para ouvir Sereia esbravejando, até que os dois saíram e anunciaram o curso pelo Cabo das Tormentas. Teriam de ser feitos preparativos para evitar um naufrágio, incluindo preparar a tripulação para baixar todas as velas quando o vento estivesse forte demais ou caso uma tormenta aparecesse no horizonte.

Marina tinha decidido avisar Inaiê sobre tudo que estava acontecendo, mas, depois de tanta tensão, acabou se esquecendo de visitar o amigo. Sereia Negra disse que as roupas dela estavam inaceitáveis e lhe deu algumas peças velhas. Tudo ficava grande demais, porém, depois de enfrentar tempos com frio cortante, aquilo era mais que suficiente. Vestiu uma camisa social branca surrada e um sobretudo preto por cima. Decidiu ficar com a calça que já era dela, porque não dava para fazer uma bainha decente em alto mar.

Ela descia as escadas quando começou a ouvir alguém cantarolando *Shake Your Body*, do Jackson Five. Foi saltando os degraus até as celas na esperança de encontrar outro viajante do tempo, quando viu que quem cantava era Inaiê.

— De onde conhece essa música?

— Você ficava cantarolando no tempo em que esteve presa — ele respondeu sorrindo, surpreso com a visita.

Ela não tinha se dado conta, mas era verdade. Lembrou-se que Mônica sempre cantava essa música em casa, tinha um estilo musical antigo. Ela animava o lugar que sempre fora mórbido. Depois de alguns meses, a tristeza e confusão pela perda haviam se transformado em nostalgia e saudade da irmã.

— Faz tempo que não vem me visitar — Inaiê interrompeu seus devaneios, e ela percebeu que tinha ficado dispersa, ignorado o amigo. — O que tem acontecido lá em cima?

Marina contou sobre a busca pelo tesouro e a cobrança pela liberdade dele.

— Por que quer tanto me tirar daqui?

— Por que *você* não quer sair?

Era um absurdo alguém querer ficar preso.

— Eu fugi do Brasil para não ser escravo. Não quero ter percorrido tanto para terminar na mesma situação.

— Vai receber um salário.

— Se é algo que eu não quero e, ainda assim, tenho que fazer contra a minha vontade, então é escravidão.

Ele tinha razão, ela não poderia negar. Marina nunca se deu a possibilidade de refletir sobre isso. Parando para pensar, ela só era jogada em situações e aceitava o que era ordenado. *O que quero fazer?* Já tinha pensado em viver nas aventuras dos livros, entretanto aquela realidade era um pouco inquietante, intensa demais. Preferia que fosse algo *livre para todos os públicos*. A vida não era assim, pelo menos não a dela. A tranquilidade era algo que teria de conquistar, e tinha muito chão pela frente até lá.

Mateo ia fazer a leitura bíblica para Inaiê quando se deparou com Marina naquelas roupas. Ao vê-la, realmente se deu conta de que era uma mulher na sua frente, não mais uma garotinha. Isso o tornava um homem? Afinal, a idade deles não era muito diferente. Depois de toda uma vida convivendo com homens brutos e violentos, não sabia como agir com ela. De mulheres, só tinha tido contato com a mãe e a irmã. Por alguma razão, entendia que não poderia tratar Marina da mesma forma.

Quando ela o viu, ele se atrapalhou, envergonhado por seus pensamentos.

– É melhor eu ir – disse, antes de sair, quase tropeçando, a caminho do convés.

– O que foi isso? – ela questionou, confusa.

Inaiê entendeu exatamente o que estava acontecendo, mas decidiu não explicar, pois ele tinha os próprios motivos para não facilitar que algo acontecesse entre os dois.

– Talvez as suas roupas de homem o tenha assustado.

Ele riu, mas ela ficou magoada. Seria a segunda vez que Mateo a tratava como homem.

De certa forma, isso era bom, porque ele não era tão delicado e, às vezes, era direto demais. Não havia porque pensar muito nisso, já que ela teria de se ocupar com uma aventura maior. Seria uma busca ousada e perigosa pelo tesouro, não era o momento de se preocupar com os pensamentos de ninguém. Mas a mente humana é curiosa. De tanto querer evitar pensar no Mateo, acabou sonhando com ele.

No sonho, os dois estavam no ponto mais alto do mastro, naquele pequeno suporte em que um dos marujos observa o horizonte com a luneta. Estando sozinhos, a segurou pela cintura, sussurrou que ela era linda e, quando os dois se beijaram, Marina acordou.

Puberdade.

Foi a primeira palavra que pensou ao acordar. Com base nas experiências vistas em filmes da *Sessão da Tarde*, sabia que esse dia chegaria. Decidiu deixar isso em suspensão. *Não vou arrumar mais problemas do que já tenho. Preciso me manter focada. O percurso vai ser difícil.* Por mais que tivesse consciência das dificuldades que poderiam surgir, jamais poderia prever o quanto seria tortuoso.

Demoraria um mês até conseguirem chegar ao extremo sul da África, apesar de possuírem apenas suprimentos para quarenta e cinco dias. Então, se desse errado, toda a tripulação ficaria sem comida. Não à toa eram piratas do Caribe, pois as ilhas podiam ser uma salvação em situações de perigo, caso as coisas saíssem do controle no mar. Cruzar o Atlântico não tinha a mesma facilidade. Não havia ilhas ou portos para reabastecer.

Nesse meio-tempo, Marina evitou ter contato com Mateo o máximo que pôde. Não queria ficar confusa com a presença dele. Tratava-se de um momento em que o foco era fundamental. Enquanto isso, visitava Inaiê. Sabia que era a oportunidade para criar mais intimidade e precisava de um amigo que a compreendesse de verdade.

— Sabe que pode confiar em mim — ele reafirmou naquela noite. — Me conta a sua história toda, não só partes. Sei que seu pai era uma pessoa ruim, que sua irmã morreu e que ela gostava de cantar e era sua amiga... Preciso de detalhes se quiser continuar me chamando de amigo.

O português dele estava muito mais fluído depois de meses de interação com ela.

— Eu só não sei se você vai entender ou acreditar...

— Pode tentar.

— Eu vim do futuro — desabafou de uma vez.

Ela esperou alguma reação dele, mas Inaiê continuou com a mesma expressão.

— Eu imaginei.

— Como?

— O meu Brasil e o seu não parecem ser o mesmo lugar. Você usa palavras estranhas. Além disso, comentou sobre a chegada da família real portuguesa, como se eu soubesse. Pelo meu tempo como prisioneiro no navio mercante português, sei que isso nunca aconteceu. Pelo menos, não ainda.

— Você é esperto.

— Isso não é um mistério.

— Sabe o que é ciência?

— Não. Entendi que você é uma espécie de entidade ou deusa que pode atravessar o tempo.

— Não se trata disso. É mais complicado... Meu pai usa ciência, que você pode entender como magia, acho. Ele usava em mim. Mesmo sem saber se daria certo, para ver o que funcionava ou não.

— Isso parece cruel.

— Eu passei a vida em uma jaula, só minha irmã falava comigo. Ele quis usar a ciência para viajar no tempo e usou em mim. Acabei no mar e vim parar aqui.

— Então, tudo o que viu nesses meses foi pela primeira vez?

— Sim.

— O mar, as praias, navio, casas, animais, outras pessoas? Tudo mesmo?

— Sim.

— E o que achou? — Ele estava totalmente curioso.

— Melhor do que esperava. Exceto as pessoas — acrescentou rapidamente.

Depois disso, ele fez várias perguntas sobre como era o futuro, como ela se sentia, se ainda havia índios, se preferia estar livre, mas no futuro, ou no navio naquela época. Passaram várias noites conversando. Ele pediu que ela explicasse melhor o que era essa ciência, e ela o visitava depois do trabalho na cozinha e após notificar a capitã sobre o plano. Quando Mateo soube dessas visitas noturnas, não ficou com raiva ou ciúmes. Tentava mesmo era entender por que Marina passou a evitá-lo depois de ele achar que já eram amigos.

Contudo, não havia tempo para drama adolescente depois de chegarem ao Cabo da Boa Esperança. Aquele era o pior vento que Marina já tinha enfrentado até então. Ela e os piratas mais magros tiveram de se amarrar nos mastros para não caírem do navio. A chuva era tão grossa que cada gota na pele parecia uma agulha. *Ideia idiota!* Marina já estava se arrependendo daquela empreitada.

Não era à toa que o apelido do Cabo da Boa Esperança era Cabo da Tormenta. Todas as velas já tinham sido abaixadas e, em vez de estarem à deriva, como planejado, o navio estava quase virando. Naufragariam se não fosse por Navin, que virava a bombordo sempre que uma onda batia. *Ele não conseguiu o cargo de primeiro imediato à toa.*

De repente, Marina teve um forte pressentimento. Desatou o nó que a mantinha segura e subiu a escada de cordas até o ponto mais alto de um dos mastros. O vento quase a fez cair várias vezes, mas ela se agarrou. A sensação de que algo estava errado era forte. Foi então que viu: havia um rochedo enorme bem perto do navio, mas não dava para ver do convés por causa da escuridão. Ela escorregou pela corda até a palma da mão começar a queimar e pulou no convés.

— ROCHEDO À FRENTE!

O primeiro imediato virou o timão com tanta força que ele quase quebrou. A embarcação tombou rápido para o lado.

Sem a corda que a prendia ao navio, Marina foi jogada no ar e, quando imaginava que ia cair do barco, foi agarrada pela cintura. Ficou aliviada e pensou ter sido o Mateo, mas, quando virou de costas, já em pé, viu que era o Javier. *Não sei por que esse sentimento de leve decepção. Eu estou salva. Não é isso que importa?*

Foram dois dias de confusão até atravessarem aquela tempestade interminável. Ninguém dormiu, todos trabalharam no convés e verificavam a toda hora se havia alguma rachadura por dentro ou por fora do casco. Por fim, a exaustão dominou alguns, que caíam desmaiados e eram arrastados para os dormitórios. Os que restavam de pé mal conseguiam manter os olhos abertos. Por isso, a cada cinco minutos, Sereia Negra gritava o mais alto que podia para despertá-los.

Quando aquela tempestade passou e finalmente cruzaram o Cabo, todos dormiram por quase dois dias. Apenas acordando para comer, ir ao *banheiro* e revezar turnos de sentinela. Ao se aproximarem do objetivo, Sereia Negra convocou uma reunião com Marina e Navin na sua cabine.

— Terei que usar a chalupa para diminuir o espaço — Marina disse, referindo-se ao barco menor que parecia um pequeno veleiro.

— Vou com você. — Navin se ofereceu.

— Sem querer ofender, preciso de alguém mais leve. Quero levar o Mateo. — Marina gostava do primeiro imediato, mas não mudaria o plano.

— O que me garante que não vai fugir com meu filho? Ele tem propensão a não seguir minha carreira e sabe que eu te mataria se voltasse sem um tesouro...

Ela precisou de coragem para dizer a verdade.

— Porque ele pode ser morto por qualquer um que queira te afetar, e eu... me importo com a vida dele.

— Por que se importa?

Ela sabia a resposta, só queria ouvir Marina dizer.

— Porque ele me atrai.

Seu rosto ficou tão vermelho quanto o cabelo.

— Saiba então — Sereia Negra falou, quase solene, pegando a menina pelos ombros — que tem a minha benção.

Era constrangedor, preferia se afogar na busca pelo navio naufragado do que ter de passar por aquilo. Era mais simples quando chegara parecendo um espantalho e fora tratada como criança. Estava crescendo em um ambiente estranho. O segundo pior, na verdade — ela quase se esquecera da redoma. Não sabia o que responder, então, só tentou fugir do assunto.

— Algo mais?

— Não, norinha. Pode ir.

Navin deu um *tapinha* nas costas da garota como incentivo, o que a fez cambalear.

O plano foi posto em prática. Os dois jovens entraram na embarcação e não conversaram até parar no ponto que Marina tinha definido.

— Eu não te disse o que ia fazer até agora porque não queria que me impedisse. Vou amarrar esse pedregulho na minha perna para descer mais rápido. Você vai segurar uma corda que vai estar amarrada na minha mão. Quando a corda acabar, você vai dar dois puxões, alertando que devo cortar a corda da pedra e voltar à superfície.

— Isso é um absurdo! Tudo pode dar errado. Você pode morrer lá embaixo.

— E posso morrer se voltar ao navio de mãos vazias. De qualquer modo, morrer hoje é uma possibilidade. Então, se quiser me dizer algo, é melhor falar agora.

Começou a amarrar o pedregulho na perna.

— Eu falo quando você voltar.

Era inútil tentar impedi-la. Só restava orar e pedir a Deus que a protegesse.

Não houve despedidas. Ela deu a corda ao Mateo e mergulhou com o pedregulho. Desceu muito rápido e começou a sentir a pressão nos ouvidos e na cabeça. A corda que tinha dado ao Mateo era de quinze metros. Quando chegou aos dez metros, o ar que tinha guardado começou a sair em forma de bolhas. Ela tinha um minuto e dez segundos para subir à superfície. Só sabia disso porque, entre os exames e testes a que o pai a submetia, havia um que contava o tempo em que ela ficava sem respirar.

Aos quinze metros, começou a se afogar, sentiu o puxão do Mateo e cortou a corda do pedregulho. Debateu-se e, quando o corpo instintivamente tentou puxar o ar, descobriu algo surreal: conseguia respirar debaixo d'água.

Por alguns segundos, achou que tivesse morrido ou que o cérebro a estava enganando nos últimos segundos de vida, mas, quando subiu à superfície com facilidade, percebeu que agora ela tinha um poder fora do normal.

— Você está bem?! Ficou muito tempo lá embaixo...

— Melhor agora. — Achou mais sensato esconder a descoberta enquanto não tinha certeza do que estava acontecendo. — Vamos tentar vinte metros naquela direção, acho que vi algo.

Fizeram o mesmo procedimento que da última vez. Haviam levado quatro pedras na chalupa, então só havia mais três chances de encontrar o naufrágio.

Na segunda vez, testou se realmente conseguia respirar embaixo d'água e confirmou o impossível, mesmo com a pressão que continuava incomodando. Enquanto vasculhava na água, tentava descobrir a origem daquilo. Chegou à conclusão de que, com certeza, era um efeito colateral de alguma das últimas experiências, provavelmente a com radiação, pois acreditava que nem mesmo o pai tinha conhecimento desse novo talento. Como ele tentava um aprimoramento genético humano – por isso toda a preocupação com sua dieta – em paralelo com a construção da máquina do tempo, provavelmente algo tinha, de fato, dado certo. Ele tentava várias coisas, na verdade. Fazia sentido não ter descoberto antes, já que ela nunca mergulhara.

Feliz com a novidade, retornou à superfície e tentou outra vez cerca de trinta metros adiante. Submersa novamente, ficou quase em êxtase quando vislumbrou algo brilhando indistintamente alguns metros abaixo. Seriam cerca de vinte e dois metros da superfície, talvez um pouco mais. Decidiu cortar a corda que a ligava ao barco e afundou mais rápido. A pressão aumentou, o que a fez apertar o nariz e respirar para dentro, aliviando os ouvidos. Quando chegou perto, cortou a corda da pedra. Nesse momento, uma raia passou por baixo dela. Marina só encolheu as pernas, desviando-se.

Era uma pepita de prata! Ainda tinha outra em meio metro, e outra mais adiante. Olhou para os lados, procurando o navio ou algum baú. Percebeu que tinha um abismo ao lado da areia, ainda mais profundo, o navio devia estar lá. Só que era perigoso demais, visto que, pelo que lia nos livros, habitavam ali lulas e polvos gigantes, além de cachalotes e sabe-se lá mais o quê.

De relance, viu o que parecia ser parte de uma madeira cravada na areia. Afastou a areia com a mão e viu que era um baú. Usou a pepita para arrombar o cadeado e viu que estava cheio de pepitas de prata e pérolas negras. Não conseguiu erguê-lo, então só levou as duas barras soltas.

Quando estava quase chegando ao barco, viu que Mateo tinha mergulhado e olhava desesperado para os lados, tentando encontrá-la. Os dois subiram juntos enquanto boiavam, e ele a sacudiu, gritando:

— ESTÁ TENTANDO SE MATAR?! — Apesar do tom de voz, estava pálido, com o medo estampado no rosto.

— Só fui buscar isso aqui.

Ela ergueu as duas pepitas de prata.

— Você conseguiu!

Mateo a olhou, pasmo. Superando o choque, a abraçou.

Retornaram encharcados, mas com duas pepitas de prata. Ao informar a localização do naufrágio, toda tripulação gritou estridente. Aquele dinheiro superou, em muito, qualquer saque que eles já tinham feito. Era só parte do tesouro. O restante, eles tiveram de retirar de outra forma, já que, para Marina buscar tantos quilos de prata, teria de mergulhar por dias. Com a ajuda de Mateo e Inaiê, montou uma escavadeira média improvisada. Ela atrelava uma das âncoras à uma tábua de ferro pregada horizontalmente. Mediram a profundidade que teriam de descer a âncora, baseado na corda que ela tinha usado da primeira vez.

Içaram com facilidade o baú. Os piratas abriram os barris de rum para comemorar. Marina e alguns marujos novatos tiveram de furar a orelha, já que se travava de um rito de passagem para quem atravessasse o Cabo da Tormenta pela primeira vez. A festa durou quase dois dias inteiros, e Marina já não via tanta graça nessa comemoração ao fim. Não sabia se aqueles homens estavam contentes de verdade, ou só queriam mesmo arrumar uma desculpa para beber e entorpecer os sentidos. *De que adianta dançar e rir, se amanhã não lembrarão de metade do que fizeram?* Foi quando entendeu por que Mateo sempre ficava no canto, olhando para o mar. *Mesmo carrancudo, ele parece ser o único realmente feliz com o resgate do tesouro.* Ela encostou na ponta oposta do navio, e Navin, que estava ao seu lado com uma caneca de rum, tentou puxar conversa:

— Ruivinha, de onde você veio?

— Tenho uma pergunta melhor: por que usa tapa-olho mesmo não estando cego?

Navin deu uma risada frouxa.

— Eu deveria ter te explicado quando te ensinei sobre navegação. Faço isso para acostumar meu olho ao escuro. Se sofrermos um ataque à noite, eu tiro isso e, assim, tenho um dos olhos já acostumado à falta de luz. — Bebeu um gole da caneca. — Me conta, ruivinha, qual o seu sonho?

— Não sei ao certo. — Ela nem pensou muito para completar a resposta: — Acho que parte dele é que eu seja parecida com um gênio.

Ele riu de modo estridente.

— Você nunca me deixa entediado... Quer ter poderes? A forma como achou exatamente onde estava o tesouro chegou bem perto disso.

— Na verdade... Eu quero mesmo é ajudar os outros a conseguir seus desejos.

— Bom, nesse caso, quis deixar a capitã rica?

— O dinheiro foi só um meio. Quero mesmo é ajudá-lo a salvar a alma da mãe — revelou, apontando para Mateo. — Para fazer isso, o primeiro passo seria conseguir riqueza suficiente para impedi-la de saquear e matar ainda mais.

— Seus sentimentos por ele são o motivo? — Navin questionou, deixando-a vermelha.

— Não, por empatia. Eu também gostaria de transformar meu pai em alguém melhor. Para mim, é tarde. Para ele, não.

# MULHERZINHAS

## LOUISA MAY ALCOTT

— Foi nesse navio que matei pela primeira vez.

Navin repentinamente quis desabafar com Marina. Ela suspeitava que estivesse frustrado, já que Javier havia fofocado na cozinha sobre o que aconteceu. A capitã decidira comprar um navio para uma nova frota com o tesouro que ela havia encontrado, mas anunciou que o Stuart iria liderá-lo. Isso não tinha sentido nenhum, já que havia anos o Navin estava como primeiro imediato e provara sua lealdade várias vezes.

Marina achou estranho. Decidiu ouvir Navin para tentar entender, mas ele também estava confuso.

— Você não tem noção do que eu abandonei. Minha família vivia em caravana, éramos mercadores, passando de Israel e descendo para o Egito. Só dou valor hoje ao oceano que nos rodeia porque vi o que o calor pode fazer com o ser humano. Meu avô morreu seco no deserto, bem na minha frente. Tínhamos pouca água e dividíamos igualmente, mas como o corpo dele já era fraco e com doenças, ele precisava mais do que demos a ele. Depois disso, decidi que tornaria minha família rica, e nenhum deles passaria fome, sede ou qualquer outra necessidade — suspirou. — De onde vim, não havia muita forma de fazer fortuna, ou você nascia na realeza ou morria na pobreza. As histórias do meu avô passavam pela minha mente... Eu poderia ser como Aladdin ou um dos quarenta ladrões, com uma caverna de ouro só para mim. Encheria minha mãe de tecidos e meu pai de banquetes. Eles não gostaram quando descobriram que eu roubava. Meu pai não quis sujar o nome da família e me largou no Cairo. Eu tinha dezenove anos, já era homem feito e roubei um pouco de tudo.

— Como saiu do deserto e acabou no meio do mar?

— O Egito já não tinha tanto a me oferecer e parei na Europa com outros bandidos. Não era bem-visto por causa da minha pele, mas, depois de percorrer quase todo o continente, consegui trabalho no porto. Até chegar lá, fui roubando, claro, mas quando via o mar algo tremia em mim. — Ele abraçou próprio corpo. — Era como se o oceano me chamasse. Eu sabia que teria futuro ali. Ainda assim, nenhum navio mercante me aceitou. Continuei no porto carregando caixotes, até que um dos navios mercantes atracou. Tinham perdido muitos homens por várias doenças e precisavam de uma tripulação com urgência, já que as mercadorias que levariam para a colônia inglesa, na América, iriam apodrecer. Eu consegui subir no navio e lá estava eu: no mar. A essa altura, já tinha vinte e sete anos. Não demorou e fomos saqueados pelo Barba Negra. Ele também era novo na época, era feroz. Amarrou todos e me fez uma proposta: só me pouparia se eu matasse o restante da tripulação.

— E o que você fez?

Marina já estava angustiada com a história.

— Estou aqui, não estou?

Deu um sorriso torto e triste.

Ela engoliu em seco, não havia mais o que falar depois disso. Então, só ficou balançando as pernas enquanto se sentava em cima do barril. *Alguém sempre vai ter uma vida pior que a minha, mas é egoísta me sentir bem por isso, ficar aliviada pelo fato do outro ser mais miserável.*

— Não sou um monstro, se é o que está pensando.

— Com toda certeza não era o que estava pensando. Você é uma boa pessoa, posso ver isso.

— Obrigado, ruivinha — falou, bagunçando o cabelo dela, como de costume. — Mas talvez seja melhor não esperar muito de mim.

Ele levantou e começou a dar ordens aos marujos.

Marina não entendeu aquele comentário, mas continuou ali, pensando por que estava tão triste se aquilo tudo não tinha acontecido com ela. A empatia às vezes é um peso muito grande, porque não há muito o que fazer quando o problema é irreparável.

Independentemente da quantidade de dinheiro ou de conflitos internos, no Vingança da Rainha Ana sempre havia algum trabalho a ser feito. Dois dias depois de saírem de Madagascar, Marina estava na cozinha, descascando batatas. *Não é ruim trabalhar na cozinha, bem melhor do que estar sob a mira de uma arma.*

— Não sei por que quer ser contramestre. Trabalhar aqui é bem melhor do que ficar sob a mira de uma arma — Inaiê comentou.

Ele estava sentado ao lado dela, fazendo o mesmo serviço. Parecia ler mentes, algo de que não duvidava a essa altura, já que ela própria podia respirar embaixo d'água. Estava feliz com a soltura do amigo. Mesmo com ele dizendo que preferia estar preso, dava para ver claramente que ficara alegre só de ter a liberdade de subir ao convés e ficar sob o sol.

— A tripulação te trata bem no dormitório?

— Sim, mas dormia melhor quando estava preso. As redes lá embaixo são muito próximas umas da outras, alguns piratas roncam, outros conversam até tarde. Não consigo ouvir nem meus pensamentos. Marina... você... está sangrando?

Foi quando ela olhou para baixo e reparou que sua calça estava coberta de sangue. Olhou para a faca, confusa, pensando ter se cortado. Quando percebeu que aquilo só poderia indicar algo muito errado com ela, foi correndo para a cabine da capitã.

— Senhora. — Sereia Negra já tinha sacado a pistola, assustada com a intromissão, abaixando-a em seguida. — Desculpe invadir assim.

— Qual é a urgência?

— Eu...

Estava tão envergonhada que mal conseguia completar a frase.

Felizmente, não precisou dizer nada mais. A capitã viu as calças da garota e compreendeu.

— Fique calma, venha aqui. — Puxou-a para mais perto dela. — Está tudo bem. Sua mãe já te explicou sobre a lua de sangue?

— Não conheci minha mãe...

— A lua de sangue é algo natural — continuou a capitã, sem esperar por explicações elaboradas por parte da garota. — Você vai sangrar alguns dias no mês, vai doer um pouco, mas significa que agora é uma mulher, pode ter filhos. Isso não quer dizer que deva, só que amadureceu o bastante para escolher seu destino.

Ela falou de uma forma um tanto romântica, quase envolvente, mas sem pausas. Chegava a ser fácil esquecer que ela tinha matado dezenas, talvez centenas de pessoas.

— Não tenho mais calcinhas, não seria certo usar as suas velhas. — Foi o que conseguiu responder.

— Podemos costurar.

— Aqui no navio?

— Como acha que remendamos as velas?

— Com calcinhas?

As duas riram, e Sereia Negra ensinou tudo o que deveria fazer para evitar manchar a roupa.

*Queria ter uma mãe como você.* Esse pensamento nunca foi dito, porém ficou subentendido no sorriso de Marina. Parecia que um buraco na sua criação estava sendo preenchido. *Espero que Mateo não ligue de dividir a mãe.*

Contudo, a mente de Marina não funcionava de um jeito comum. Era estranho receber aquele tipo de atenção e queria compensar a capitã pela ajuda. Naquela noite, a cama balançou e a garota não conseguiu dormir. Decidiu pensar no que existia no futuro que poderia ajudar neste passado. Estalou os dedos quando percebeu a escuridão ao seu redor: eletricidade.

Não seria difícil conseguir. Tinha visto alguns documentários sobre isso na TV, lido um pouco de engenharia elétrica, além do pai ter montado e desmontado um gerador várias vezes na sua frente. Os materiais também não eram difíceis de encontrar. Precisaria criar uma bobina e uma bateria, afinar cobre até formar três fios, dois pregos compridos e uma mola. Esses itens eram facilmente compráveis no próximo porto que atracariam. Finalmente, conseguiu dormir depois de decidir como recompensar a atenção recebida.

Acordou animada na manhã seguinte. Lavou o rosto na bacia, cuidou para que o sangue não manchasse as vestes e colocou a roupa que achava ser a mais bonita: uma camisa de manga curta verde-oliva e uma saia com cortes laterais, a única peça de baixo que a capitã lhe dera e que servia nela. Passou a mão na cabeça, que doía um pouco. Já tinha sido avisada que poderia acontecer nessa época do mês. Sentiu o cabelo nos dedos, gostava dele agora, já na altura de um corte chanel. Realmente se sentia mais mulher.

Em breve, atracariam em um porto asiático. Era difícil escolher um porto que fosse seguro, já que os ingleses estavam em toda parte como formigas, pois a recompensa pela cabeça da Sereia Negra era grande.

– Vai ser difícil minha mãe conseguir comprar um navio novo – Mateo comentou.

Depois que ela o evitou por mais de um mês, e só trocaram algumas palavras na busca pelo naufrágio, Mateo tentava a todo custo puxar assunto.

– Hum...

Marina já estava irritada com a insistência.

– Olha, eu te fiz algo?

– Não, só não quero conversar...

Ela queria evitar essa discussão.

– Eu entendo – respondeu, claramente decepcionado, e seguiu para o quarto.

Aquilo era uma tortura. Marina sentiu seu coração apertar, queria tanto impedi-lo de ir, mas também não desejava complicar ainda mais sua situação no navio. Não tinha espaço para romance num lugar daqueles e se achava nova demais. Além do mais, se ele a rejeitasse ou se não desse certo, não teria como evitá-lo. *Por que todos os problemas não podem ser resolvidos no soco?*

Mateo, por outro lado, também estava confuso. Deitou-se na cama frustrado. Quantas vezes ele teria de provar que era confiável e um bom amigo? *Ela está escondendo algo de mim. O pior é que talvez aquele índio saiba o que é. Por que você confia tanto nele, Marina?* Mateo afundou a cabeça no travesseiro. Não entendia por que isso era tão preocupante, mas não conseguia deixar de se preocupar.

Em contrapartida, Inaiê só estava agoniado com a demora em chegarem a Macau, e ele não era o único, já que a correnteza estava contrária e o vento fraco.

— Depois de tanto tempo rodeando a costa asiática, com pouca comida e quase recorrendo ao canibalismo, não imaginava que finalmente estaríamos aqui — ele comentou com a amiga.

— Está sendo dramático, Inaiê. Só ficamos um mês a mais do que o esperado. — Marina balançou a mão, desdenhando da ansiedade dele.

— Tivemos que sobreviver dois meses com suprimentos de um mês. Quando estava preso, comia mais do que nas últimas semanas.

Marina disfarçava, mas também estava ansiosa. Roeu as unhas, mas, depois que sentiu o gosto de barro, cuspiu-as. Decidiu pegar emprestado um punhal para cortá-las direito. Estar em meio aos homens não a fazia perder a vaidade, pelo contrário, se achava mais bonita do que quando estava na redoma. "O ar puro faz bem à pele", a capitã dissera uma vez, quando estavam sozinhas. Não falaria isso na frente da tripulação, pois, segundo ela, demonstraria fraqueza. Mesmo com quatorze anos, Marina tinha noção disso. Via claramente a diferença entre a capitã gentil e reclusa em sua cabine e a líder sanguinária no convés.

O porto de Macau era diferente de qualquer outro lugar que Marina vira antes. Havia mais barcos do que a Jamaica e eles eram bem diversificados. Alguns eram mais baixos que o comum e com teto, outros tinham entalhes nas laterais e desenhos de dragões nas pontas. Já os navios tinham velas que pareciam com barbatanas. As casas e barracões atrás do porto tinham estruturas portuguesas e telhados chineses com cantos pontudos circulares. Marina ficou aliviada ao saber que o principal idioma da ilha era o português. Empolgada, comentou com Inaiê sobre o que fariam.

— Antes da comida, preciso ir a algumas lojas. Me acompanha? — Marina perguntou ao amigo.

Mateo, que dificilmente saía do navio pelo risco de ser capturado e usado como isca para atrair a mãe à uma cilada, ouviu a conversa dos dois e puxou Inaiê para o canto.

– A proteja quando saírem.

– É mais fácil ela me proteger, curumim.

Deu dois tapinhas no ombro dele e saiu com a garota.

Ela comprou o que era necessário para gerar energia elétrica. Inaiê nem quis saber para que servia aquilo, mas ficou maravilhado com cada loja e com o porto. Marina percebeu que aquilo também era novo para ele. Com exceção do porto no Brasil, ele nunca havia visto nada parecido, já que passara mais de um ano indo de uma prisão para outra.

– Vamos comer? – Marina queria que ele se sentisse à vontade.

– Sim!

Os dois correram de uma loja para outra como duas crianças, e, por mais cicatrizes que tivessem, a pureza de brincar um pouco era o que lhes restava. Primeiro amigo, era o que um representava para o outro. Quando se cansaram, foram em um restaurante cuja porta consistia apenas em tecidos vermelhos erguidos. O chão era de terra batida e havia lanternas de papel espalhadas no teto. As mesas eram baixas e as janelas muito grandes. Ao entrarem, muitos clientes, todos asiáticos, olharam para os dois.

– Acho que nossa aparência não é muito comum aqui – ela sussurrou para ele, e os dois riram.

Uma senhora bem idosa e baixinha, com olheiras profundas, que usava um vestido de seda rosa, os chamou com a mão. Os outros clientes voltaram a olhar para a comida ou a conversar. A mulher começou a falar em um idioma que nenhum dos dois reconhecia. Vendo as expressões confusas, a senhora se esforçou para falar em português.

– Comida?

— Sim! — responderam em uníssono.

— O quê? — ela questionou, sinalizando para a bancada de comida fumegante.

A pobre senhora não sabia o que deveria servir. Os dois não sabiam nome de nenhum prato ali.

— Você escolhe.

Marina apontou para ela, que assentiu aliviada, indo para a cozinha.

Os dois se sentaram em uma mesa no fundo. O lugar era escuro, não tinha muitos enfeites, mas era muito limpo, e o cheiro da comida era bom. Talvez porque os dois estavam com tanta fome que comeriam até um cavalo; acharam bem aconchegante.

— É a melhor coisa que já comi! — Inaiê disse, com a boca cheia de uma carne com macarrão que nunca tinha experimentado.

— Eu também! — Marina concordou. Realmente achou isso por muito tempo, pois não sabia que a fome era o melhor tempero. — Não devíamos ajudar o Javier a carregar os suprimentos?

— Naum! — ele continuava falando de boca cheia. — Navin foi ajudafu, era muifa comifa, peso demais.

Começou a chover do lado de fora, Marina respirou fundo.

— Fico feliz por estar chovendo quando não estamos navegando. Além disso, esse cheiro é o melhor que existe.

— Terra molhada? Eu também gosto... Me lembra de casa.

— No meu caso, é uma das poucas coisas que me fazem esquecer de casa.

— Devia ter mais animação, Marina. Sei que sua infância foi triste, mas, quando fala esse tipo de coisa, parece que quer sofrer mais. Acabou. Lembre-se do que foi bom.

— E você faz isso?

— Sim. Bem, ao menos tento fazer isso. Não tenho nada, tudo o que ganho é mais do que já tinha ontem. Quando o passado vem, só penso no que era bom: na minha aldeia, na minha família.

— Verdade. Além disso, tenho que pensar que não foi de todo mal. Eu tinha uma boa irmã e meu pai pode ter feito tudo errado, mas é graças a ele que estou aqui, vivendo uma aventura.

— Ao meu lado — ele sussurrou.

— O quê?

— Eu disse que é melhor voltarmos.

— Tem razão.

Eles pagaram um pouco mais do que havia sido cobrado. Não queriam esbanjar só pela recente conquista do tesouro, mas também estavam realmente satisfeitos, e Marina levou mais duas porções para o navio. A chuva estava fina e, diferente dos outros portos, a tripulação não fez acampamento na praia. Preferiram dormir no navio, para o caso de terem de fugir de repente.

Marina entregou uma porção da comida ao Mateo e guardou outra para quando Navin chegasse. Foi para a cabine e começou a trabalhar no gerador. Na metade do processo, percebeu que estava realmente construindo algo, mas não era um gerador. Foi quando notou que havia errado a *receita* e só se lembrava de como construir um *taser*, ou seja, uma arma de choque. *Porcaria de memória seletiva!* Mas logo pensou que não era de todo mal, aquilo seria muito útil se usado como arma.

— Mateo! — ela gritou, sabendo que ouviria através da porta de sua cabine.

Ele se assustou e correu para o quarto dela com a boca ainda cheia de comida.

— Algum problema?

— Na verdade, uma solução. — Apontou para o *taser*. — Primeiro fique calmo, essa é uma ciência, não magia. De onde vim, é bem comum.

Ligou o *taser* e Mateo quase caiu para trás de susto.

— VOCÊ CAPTUROU UM RAIO? — gritou, agitado.

— Não, o nome disso é eletricidade. Com essa ferramenta, podemos desacordar os inimigos com choques, sem ter de matá-los.

Ele passou a mão nos cabelos, arregalando os olhos e se sentando no chão. Ouviu-a explicar como conseguira fazer aquilo e realmente se esforçou para compreender tudo o que dizia, especialmente sobre o que era essa eletricidade.

— Isso pode mudar tudo aqui no navio. Minha mãe poderia deixar de matar. — Virou o rosto para ela. — Fez isso por mim?

— Não, seu narcisista. Eu gosto da sua mãe, queria ter tido uma assim... quer dizer... mais ou menos, tirando os assassinatos e a violência extrema. Não é que eu queira mudá-la, só queria que visse que não precisa ser só intimidadora. Entende?

— Entendo mais que qualquer um. Ela não era assim antes do meu pai morrer. Costumava ser doce, cuidava muito bem de mim e da minha irmã. Foi como se uma chave tivesse virado na cabeça dela depois que os dois morreram. — O silêncio que se estabeleceu era de ansiedade, mas não durou muito tempo. — Vamos até ela, então!

A capitã recebeu o filho com um sorriso, mas voltou a fechar a cara após a entrada de Marina.

— Temos uma proposta. — Mateo se aproximou da mãe.

— Falem.

Sereia Negra colocou os pés cruzados em cima da mesa.

— Criei uma arma que pode desmaiar qualquer um.

— Eu chamo isso de soco. — A capitã sorriu. Olhando o objeto na mão da menina, questionou: — Sua família é ferreira?

— Algo parecido... Com isso, não vai ser necessário matar mais ninguém. — Marina mostrou o *taser*. — Poderá ser um bom plano de contingência.

A capitã franziu a testa.

– Contingência? Parece que não entendeu bem quem eu sou. Não posso ser mais fraca que meus inimigos, não posso nem ser igual a eles. Preciso ser superior! Não pouparei ninguém que me desafie!

– Mãe, seja razoável...

– Chega! Saiam da minha cabine! Posso até usar sua arma, garota, mas matarei todos em seguida.

Os dois saíram decepcionados dali. Mateo se sentou na cadeira quando chegaram à cabine de Marina.

– Não sei o que Deus quis quando me fez nascer em um navio pirata. Já não sei o que fazer com a minha mãe. Tem momentos em que acho que ela não tem mais jeito.

Mateo esperava compreensão, mas o tiro saiu pela culatra.

– A sua religiosidade te deixa arrogante e cego. – Marina se irritou. – Você fica perguntando "Por que isso? Por que vivi assim?", como se Deus fosse culpado pelos seus problemas. Você se acha bom, mas você mesmo leu que bom só há um, que é Deus. Fala como se fosse santo, ainda assim é pecador, como sua mãe. A diferença é que se arrependeu e foi perdoado, mas, do jeito que age, torna a fé inalcançável para ela. Seja acessível, pare de julgar pelos seus padrões. Você não é melhor do que ninguém! Jesus não veio para os convertidos, e sim pelos perdidos. Ele veio por pessoas como a sua mãe. Acho que você esquece disso!

Bateu o pé e se afastou sem olhar para trás, deixando-o paralisado, encarando os fios vermelhos que sumiam através da porta, em direção ao convés.

# ORGULHO E PRECONCEITO

## JANE AUSTEN

Os tiros dos canhões inimigos eram ensurdecedores. A poucos quilômetros do porto, um navio pirata chinês começou a atirar. Marina não se esconderia dessa vez, pegou o bastão e o *taser*, indo em direção a Inaiê.

— Vai para a cozinha! — ela o alertou.

— Eu posso ajudar! — Inaiê queria lutar.

— Você não sabe atirar nem usar uma espada. Vai agora! — Ela gritava sobre o barulho de toda aquela confusão.

Aquela foi a primeira vez que alguém a obedeceu.

Em questão de minutos, o convés estava cheio de chineses e portugueses atirando. Marina subiu na escada de cordas, na lateral do navio, envolveu uma das cordas soltas no braço e se jogou na tripulação inimiga. Com o *taser*, desacordou cinco homens com choques, até que se soltou da corda, pulou e caiu agachada no convés. Em seguida, derrubou um adversário com uma paulada. Já caído, ele sacou uma pistola, mas Marina encostou o *taser* no cano da arma, eletrocutando-o por condução. Depois disso, foi dar suporte ao Navin, que trocava socos com um homem tão grande quanto ele. Marina estava ficando confiante e cutucou o ombro do inimigo que, ao se virar, recebeu o *taser* bem no pescoço. Navin, que estava perdendo para ele, cambaleou assustado.

— Você é uma bruxa? — questionou, apoiando-se nela, quase caindo.

— Calma, grandão! — ela o alertou e o sentou num barril.

Nesse momento, o capitão inimigo, aproveitando sua distração, tentou lhe cortar as pernas. Antes que o fizesse, porém, a mesma sensação de quando o rochedo surgiu na tempestade vibrou na mente de Marina, que saltou sobre a espada e depois pisou na lâmina, deixando o inimigo desarmado. Ela deu uma estocada na barriga dele com a ponta reta do bastão, depois o virou e o eletrocutou. Começava a pensar que recebera um sexto sentido, como o do Homem-Aranha, através dos experimentos do pai.

Silêncio invadiu o navio quando o capitão caiu inconsciente. O restante da tripulação se rendeu. A capitã ia sacar a espada, mas Marina rapidamente ficou em sua frente, impedindo-a.

— Não os mate — sussurrou.

Mas a capitã baixou a cabeça até alcançar o ouvido dela.

— Não me desrespeite — rosnou, empurrando-a para o lado.

— Por favor, pelo seu filho...

Sereia Negra se virou com ódio nos olhos.

— Você acha que conhece a mim ou à minha família? Eu te dei um pouco de atenção e é assim que retribui?

Sacou a espada, indo em direção aos desacordados.

— Eu faço qualquer coisa... — a garota abaixou a cabeça.

— Está certa disso?

A capitã sorriu, guardando a espada.

Mateo se precipitou a falar, mas Marina estendeu o braço na direção dele e balançou a cabeça negativamente.

— Estenda o seu braço — a capitã ordenou com ar austero.

Marina o estendeu e virou o rosto, achando que ela o cortaria.

A capitã segurou o braço dela e colocou o próprio joelho embaixo. Com um movimento rápido, deslocou-o. Mateo desviou o olhar, mas não houve gritos. Ela nunca gritava e era assim desde criança, pois, sabendo que irritaria o pai, engolia a dor em silêncio. Contudo, para o restante da tripulação que observava a cena, parecia que era forte, resistente a qualquer agressão. Depois de nocautear metade dos invasores, todos a viam como uma bruxa. Percebendo isso, a capitã a ergueu pela gola e a levou para a cabine.

— Amarrem todos e os coloquem em barcos. Afundem o navio deles, não dá para aproveitar nada, já que o perfuramos todo — Sereia Negra ordenou ao se afastar.

Quando entraram na cabine, Marina tentava entender por que a Sereia Negra não a tinha matado. *Útil. Ela se deu conta de que precisa de mim.* Diferente da redoma, ali daria para negociar. Primeiro, tinha de dar um jeito no ombro, encostou-se à parede e o empurrou, colocando o braço no lugar.

— Você é mesmo uma bruxa? — a capitã perguntou, horrorizada. — Pensei que o cirurgião do navio cortaria seu braço fora.

— Quebrei alguns ossos muitas vezes. Como não podia ver um médico de verdade, meu pai só os colocava no lugar.

A capitã entendeu que não tinha a ver com magia. Aliviada, puxou um banco e se sentou. Marina estava com o humor diferente, não queria mais se submeter a alguém que a ferisse.

— Eu quero que me escute, mesmo quando não tem a ver com dinheiro, porque sou mais que sua bússola, serei sua contramestre um dia. Já provei que sou resistente — colocou as mãos na mesa —, passou da hora de provar que sou forte.

— Não me importo que queira conquistar meu respeito, até gosto disso, mas a forma como o faz mina a minha autoridade. Ainda assim, algo em você arranca de mim a vontade de matá-la, é como se perdesse toda a graça. Você não grita, não implora meu perdão, não se curva. – Pela primeira vez em muito tempo, Sereia Negra olhava para alguém com admiração. – Você não teme a morte. Por isso, já que não posso te ameaçar, vou pedir com educação: não desrespeite minha autoridade... a menos que queira provocar um motim. – Raivosa, bateu na mesa. – Nesse caso, esteja certa de que vou matá-la, tendo graça ou não.

Depois disso, a capitã deu autorização para se retirar, mas Marina se precipitou a falar:

– Quero provar minha lealdade e deixá-la mais rica.

– O último tesouro que encontrou vai nos sustentar por pelo menos dois anos, mas se diz que pode trazer riqueza maior, me fale.

– Tem um galeão espanhol naufragado na costa da Colômbia.

– Onde fica a Colômbia? Nunca ouvi falar desse lugar! – Pegou o rolo do mapa na estante e o abriu na mesa. – Pode me apontar? – questionou, duvidosa.

– Eu vim de uma colônia portuguesa. Lá chamávamos de *Colômbia* uma região costeira da colônia espanhola – Marina improvisou, depois de lembrar que o país não existia na época. Apontou brevemente o espaço no mapa. – Vou precisar de duas semanas para criar um itinerário, mas tenho uma condição.

– Você sempre tem.

– Não mate mais nenhum prisioneiro.

– Sabe que não farei isso.

– Então, não mate nenhum prisioneiro *até chegarmos lá*.

– Tudo bem, parece razoável.

Marina comemorou silenciosamente e se retirou. *Finalmente algum respeito. Logo ninguém vai me subestimar, nunca mais.* Ela se sentou à mesa da própria cabine e sorriu ao notar que não se sentia mais inútil. Tinha um propósito naquele navio e uma função na vida. *Tenho até um sonho: ser contramestre. Papai estava errado, não sou um lixo.*

Mas não era como se não doesse mais. O passado não poderia ser apagado, ficaria sempre marcado na mente como uma cicatriz na pele, porém o futuro era algo mutável. *Se o pior já aconteceu, então não importa o que façam comigo, não será nada comparado ao que já enfrentei.*

Duas noites depois, Marina estava traçando um curso, sentada em frente à própria mesa, quando Mateo bateu na porta.

— Pode entrar!

— Soube que pediu despensa da cozinha hoje para planejar nosso itinerário.

— Sim, sim... — Ela passou a mão pelo cabelo, percebendo que não havia lavado nenhuma parte do corpo durante o dia. — E sabendo disso você veio me incomodar.

— Claro que não, mas a noite já avançou muito e você ainda está acordada.

— Isso por acaso te incomoda? — Uma dor de cabeça, antes leve, começou a pesar, e ela ficou um pouco tonta. Suspirou, cansada, antes de responder: — Não tenho motivos para ser rude com você, me desculpe... Só não gosto de ser incomodada quando estou... — hesitou, tentando focalizar o rosto dele — *concentrada*.

Ao terminar essa frase, Marina notou o rosto dele se dissolver e, então, desmaiou.

Os olhos estavam inchados e as pernas pesadas quando acordou. Mateo estava no chão ao lado da cama, também dormindo. Ele acordou assustado quando Marina pisou na perna dele ao se levantar.

— O que é isso?! — questionou ela, sem entender por que ele não havia voltado ao próprio quarto.

— Você desmaiou, mas não tinha febre. Pensei que fosse cansaço, até que o Javier me disse que você nem passou na cozinha hoje.

— Esqueci de comer...

Ela pôs a mão na cabeça. Aquela não era a primeira vez que esquecia de se alimentar. Depois de tanto tempo tendo a comida servida na redoma ou na prisão, estranhava ter de ir pegar, perdia-se no tempo.

— Como você trabalha na cozinha e esquece de comer? Aqui! — Esticou um prato cheio. — Peguei as sobras do jantar.

Marina pensou em recusar ou comer só um pouco, mas, assim que colocou a comida na boca, percebeu o quanto estava faminta. Comeu tudo rapidamente.

— Gosto de te ver comer desde quando estava presa e parecia um garotinho. — Mateo deu uma risada tímida. — Do que você gosta? Quase sempre estamos em uma conversa séria, mas nunca em uma normal.

*Nunca?* Marina pensou e percebeu que não sabia o que era ter uma conversa *normal*. As referências que tinha sobre conversas eram de filmes, livros e planejamentos de fuga com a irmã.

— Eu gosto... — hesitou e pensou um pouco, era difícil escolher. — Gosto de ver tudo de cima. Pode parecer estranho, mas adoro ficar em qualquer lugar alto e só... ver. É incrível, sabe? Nunca tinha tido essa perspectiva. Me sinto grande e relaxada, como se nada me atingisse.

— Me sinto da mesma forma quando olho para o mar. Não é incomum essa sensação de ter mais espaço quando estamos tão confinados?

— Sim, é um sentimento muito diferente de estar presa.

— Às vezes, gostaria de ser um peixe. Só para passear lá embaixo sem me afogar. O oceano seria infinito se eu fosse um peixe, porque, como *pirata*, sinto que já vi cada canto da Terra.

— Acho que nunca vou me sentir assim. Tudo o que vejo ou toco parece novo e fantástico para mim, mesmo tendo a consciência de que não é. Provavelmente, nunca vou deixar de sentir tudo isso.

— Você é mais interessante do que eu imaginava.

Mateo sorriu ao se levantar.

*Aquilo é esperança? Ele está começando a se interessar por mim. É melhor parar por aqui. Não quero criar ilusões.* Ela bocejou, fingindo estar com sono e se espreguiçou.

— Falta pouco para amanhecer. Vou te deixar dormir um pouco. — Ele parou na porta e, antes de sair, abriu um sorriso. — Espero que esse tipo de conversa seja frequente. E... ah, quero ver como está seu nível de luta. Vamos treinar amanhã.

O coração dela acelerou. Lembrou-se da frase que lera em *Orgulho e Preconceito*: "Por mais amável que seja o seu gênio, seu coração não é dos mais fáceis de atingir."

Na manhã seguinte, os dois se encontraram no convés. Ela vestia roupas mais confortáveis: uma calça árabe com a bainha larga e uma regata verde-escura. Parecia mais um gênio da lâmpada, mas aquelas calças serviam para que, caso os marujos caíssem no mar, pudessem boiar com mais facilidade.

— Tínhamos que treinar tão cedo? — ela se queixou. — Eu mal dormi. Se você ganhar, vai ser trapaça.

— Você sabe muito bem que também quase não dormi.

— Hum... — Navin estava perto e soou inconveniente.

— Não é o que você está pensando, velhaco — Mateo antecipou-se.

— Relaxa, garoto. Você é cristão, não um monge — ele devolveu o desaforo antes de se afastar.

— Vamos voltar à luta? — Ela decidiu dar um fim àquela conversa fiada.

— É melhor — concordou Mateo, coçando o pescoço. — Não vai ser tão fácil sem sua arma mágica.

Marina esfregou os olhos e ergueu os punhos. Estava mais rápida do que meses antes, mas Mateo ainda era mais forte. Ele tentou dar um soco na boca do estômago dela, mas Marina esquivou, abaixou-se e deu um chute giratório que o derrubou.

— Eu reconheço que melhorou. Me ajuda aqui. — Ele estendeu a mão.

Mas, quando ela pegou a mão para ajudá-lo a se levantar, ele a puxou para o chão e subiu nela, prendendo-a na guarda. Marina tentou socá-lo, mas ele prendeu os dois braços dela contra o chão, deixando só os rostos livres, a poucos centímetros um do outro. Mateo ofegava, porque era difícil segurá-la. Em determinado momento, Marina parou de lutar, porque a respiração dele a desconcentrava. Ele tinha um hálito quente e seus lábios estavam perto demais. Marina engoliu em seco, o que o fez olhar para a garganta dela, que estava suada e pulsando no ritmo de um coração descompassado. Não sabia o que sentir, era puro instinto. Não queria soltá-la, queria sentir o corpo dela comprimido contra o seu. Desejava continuar olhando aquelas sardas e os grandes olhos castanhos que estilhaçavam sua confiança em milhões de pedaços.

— Poderia sair de cima dela? — Inaiê puxou Mateo para trás. — Pronto... Bem melhor agora. Podem voltar a lutar.

— Na verdade, é melhor voltarmos para a cozinha, Inaiê — Marina concluiu, um tanto constrangida.

— Tem certeza? — o amigo perguntou, cruzando os braços.

— É... — Mateo concordou. — Eu vou... para... aquele lado lá...

E ambos se afastaram, fingindo que nenhuma esperança tinha brotado naquela manhã.

— Estou com dificuldades — Marina disse ao chegarem à cozinha.

— Com o Mateo?

— Não, com o itinerário. Sei chegar lá, mas o galeão San José está praticamente inacessível. Acho que é impossível irmos a seiscentos metros de profundidade.

— Não tem algo do futuro que possa ajudar? Pelo que me disse, tudo parece fantástico e possível.

— Até tem algo assim... um submarino. — Coçou o queixo. — Mas não tenho tempo nem recurso para isso. Além de não saber como um submarino funciona.

— O que é um submarino exatamente? — Inaiê quis saber.

— Uma embarcação de metal que navega por baixo d'água.

— Por que então não entra em um cofre, afunda até onde quer, pega o que precisa e nada até a superfície?

— Porque é uma ideia idiota. A pressão me mataria, e não dá para abrir um cofre por dentro. Mesmo se desse, não tenho como ver através do metal para saber quando sair.

— Desculpe, só quis ajudar. — Era possível notar o ressentimento em seu tom de voz.

Marina se sentiu culpada.

— Não se desculpe, não quis ser rude — ela falou depressa, iluminando o rosto com o que surgia em sua mente. — Na verdade, sua ideia me deu outra que posso usar.

Depois do trabalho na cozinha, foi para a cabine e começou a trabalhar. Desenhou com o lápis que ganhou da capitã, porque a pena era difícil de manusear. Fez rabiscos por cima de um desenho de cofre. Virou a madrugada amassando um papel atrás do outro. Dormiu sentada na mesa e babou no projeto que ela definiu como sendo o mais aceitável. Era natural que tivesse dificuldade para desenhar, já que nunca tinha feito isso por falta de oportunidade. No seu sonho, imaginava o tamanho das possibilidades que Mônica criaria se estivesse viva e no lugar dela naquele momento. Provavelmente até teria trazido o celular para o passado. Nele, teria uma planta pronta de submarino e a irmã daria um jeito de construí-lo, criando até mesmo uma forma de eletricidade, algo que ela mesma não tinha conseguido. Mônica era melhor, sempre fora assim. Inclusive no fim, quando a salvara naquela explosão.

Acordou gritando com a recordação da morte da irmã, mas logo reestabeleceu a sensatez.

— Por que preciso fazer um submarino se posso respirar embaixo d'água? Porque não sei se meu corpo conseguiria aguentar a pressão.

Andou em círculos, pensando, questionando-se e respondendo as próprias perguntas, mas foi interrompida por Mateo, que entrou pela porta.

— Você costuma falar sozinha?

— Na mesma frequência que você entra pela minha porta sem bater.

Mateo se aproximou até ficar bem perto e colocou a mão no cabelo dela. A jovem imaginou que tentaria beijá-la, mas Mateo se afastou depois de tirar um pedaço de papel de seu cabelo.

— Não dormiu de novo, não é?

— Terei tempo para dormir depois que morrer.

— Se ficar passando a noite em claro, isso vai acabar acontecendo em breve. Sei que fica ranzinza quando perde o sono, vou te deixar em paz.

No momento em que ele saiu, Inaiê entrou pela porta que dava para o convés, pegou Marina pela mão e a puxou para fora.

— Veja isso! — Apontou animadíssimo.

Ela não entendeu até que seguiu os olhos do amigo e viu o céu: era uma chuva de meteoros. Por alguns segundos, notou que mesmo perdendo a possibilidade de experimentar o que sonhava do futuro, como andar de avião, ir ao cinema, tirar carteira de motorista e até comer uma feijoada; no passado, o céu era mais estrelado, os sentimentos eram mais intensos, podia ter amigos e ver uma chuva de meteoros ao lado deles.

Os dois se sentaram em barris e tiveram, por alguns minutos, um momento de beleza genuína. Algo que para aqueles dois jovens, cuja infância lhes havia sido arrancada, era raro e muito precioso. Vez ou outra, Inaiê olhava para Marina só para não esquecer como era bom vê-la sorrindo.

— Sabe, tenho aprendido a usar o bastão e a espada. Os marujos me ajudam vez ou outra. Quero estar pronto para lutar e ajudá-la se precisar de mim.

Ela o olhou, curiosa.

— Não sabia que tinha mudado de ideia em relação aos piratas e a Sereia Negra.

— Não estou falando dela, falo de você — ele revelou, fazendo uma ruga de confusão brotar na testa da garota ao seu lado.

Ela não sabia o que responder, então apenas assentiu, voltando a mirar as estrelas.

— Marina — chamou novamente, sem tirar os olhos do céu —, eu te prometo, enquanto viver, ser seu braço, espada e escudo. — Desceu os olhos na direção dela. — Não confio em ninguém nesse navio, mas você conquistou minha lealdade.

*Ninguém disse algo tão bonito assim para mim antes.* Ela tentou dizer algo, mas as palavras eram poucas, então, abraçou-o. Aquele abraço durou alguns minutos, o que, para Inaiê, foi pouco tempo. Ele colocou a mão no cabelo dela, fazendo carinho como quem acaricia um bichinho. Ao sentir o cabelo curto dela fazer cócegas em seu pescoço, Inaiê percebeu que não só gostava dela, como também a amava.

# AS VIAGENS DE GULLIVER

## JONATHAN SWIFT

Geralmente, todos têm aquele tio meio pegajoso que conta a mesma história umas trinta vezes, mas Marina não conhecia ninguém assim. Por isso, a aproximação com Navin era fácil e parecia natural, o que para ele era incrível, já que gostava de conversar com os mais jovens, principalmente porque nunca teve filhos.

— Marina, venha cá! — ele chamou quando o sol estava se pondo, e ela estava voltando para a cabine.

— Não tenho muito tempo. Preciso trabalhar no nosso percurso.

— Relaxe. Vai demorar até chegarmos à colônia espanhola. Veja só. — Ele apontou um tabuleiro posicionado em um barril que estava entre outros dois, formando uma mesa improvisada. — Comprei esse jogo quando passamos pelo Oriente, se chama Go! Vamos jogar?

— Não conheço as regras.

Não queria ser rude, mas também não tinha interesse em jogar.

— Eu te ensino. Vamos!

Ela suspirou e se sentou. *As peças parecem M&MS pretos e brancos.* Riu com o pensamento, mas ficou triste, porque nunca mais comeria os M&Ms que Mônica costumava levar-lhe vez ou outra. Ela demorou a entender as regras, mas, ainda assim, pegou rapidamente o conceito geral, que era de estratégia militar. Parecia aleatório, entretanto era bastante simples: as peças eram postas nos cruzamentos do tabuleiro e o jogador que tivesse mais territórios ganhava.

Marina olhou para o horizonte. Era o momento do dia que ela mais gostava. O céu estava laranja e magenta, o sol quase sumindo. Ela lembrou a pergunta que Inaiê fizera na cela: "Será que o mar fica mais quente quando o sol se põe nele?". Ainda estava feliz pela promessa de lealdade.

— É melhor se concentrar ou vai acabar perdendo.

— Desculpe, acabei me distraindo.

Mesmo tentando vencer, Marina continuava refletindo sobre Inaiê, devaneio que só era interrompido quando a imagem de Mateo surgia em seus pensamentos. Por esse motivo, começou a comparar os dois.

*Quando conheci o Mateo, pensei que ele seria do tipo Mr. Darcy, orgulhoso e soberbo, mas, com o tempo, noto que ele é claramente um Gilbert Blyte, um rapaz decente com quem discuto de vez em quando, mas que só deseja o meu bem. A fé dele é algo admirável. Se o Inaiê não tivesse interrompido, imagino como teria sido beijá-lo. E o Inaiê... ele não tem um personagem a quem posso comparar e, claramente, tem uma bússola moral própria. Usa sarcasmo como humor e é um pouco parecido comigo em relação ao passado, não só por sermos do Brasil, mas porque procura aproveitar o máximo possível para compensar um histórico de tragédias. Além disso tudo...*

— Ganhei novamente — Navin anunciou, triunfante. — Escute, garota, posso ver nos seus olhos que está pensando em amores. Conheço bem esse olhar. Ouça meu conselho: por mais tentador que seja sonhar acordada, esqueça as paixões enquanto é tempo. Se concentre em si mesma, porque, se continuar com a cabeça nas nuvens, esse sentimento vai acabar te decapitando algum dia.

Marina levou o conselho a sério, até porque era o primeiro que recebia e vinha de alguém que admirava. Ainda assim, pensou que terminaria como o Navin, se o ouvisse, e não sabia se queria isso. Tempos depois, iria saber que o conselho dele custaria uma vida.

A capitã cumpriu o prometido e não houve nenhum saque até chegarem à costa da *Colômbia*. A primeira visão que a tripulação teve foi a de outro navio da frota, que veio por uma rota diferente. Marina não sabia, mas a frota tinha se separado para que Stuart e os demais pudessem cometer pequenos saques. Afinal, a cobiça da capitã não havia sido totalmente controlada.

Ao se aproximarem, Stuart, já capitão da nova embarcação pertencente à Sereia Negra, e dois outros marujos deixaram o próprio navio e chegaram ao Vingança da Rainha Ana usando um pequeno barco. Ao subir ao convés, Stuart arremessou um grande papel amassado em direção a Javier, que o pegou e sorriu ao ver do que se tratava.

— Atenção, todos! Temos um pirata respeitado a bordo.

Virou o papel, desamassando-o e revelando ser um desenho de Marina, com uma recompensa de dez mil xelins britânicos por ela.

A garota foi inundada pela realidade. Olhou em volta e toda a fantasia se dissipou. Não apenas o pai, como antes, queria machucá-la ou até matá-la, mas toda e qualquer pessoa que quisesse dinheiro. Depois de um tempo, o corpo dela começou a pesar e se sentou no chão. Sentia-se como Gulliver quando estava em Brobdingnag, completamente minúscula e impotente.

Em contraste à sua infelicidade, a tripulação comemorou, porque aquele tipo de recompensa significava status para um pirata. Mesmo conseguindo um pouco de respeito de seus companheiros, que era algo com que sonhava, a jovem não queria que fosse daquela forma.

A capitã deu dois tiros para o alto, o que calou a todos e chamou a atenção da nova procurada.

— Sei que estão felizes pela menina, mas se lembrem que isso só aconteceu porque ela nos convenceu a poupar os chineses, ou seja, por causa da sua piedade teve o rosto marcado. Por isso, não poderá mais descer em nenhum porto em que atracarmos! — dizendo isso, desceu até onde Marina estava sentada. — Sua fama lhe custou sua liberdade. Espero que aproveite!

O sermão da capitã não foi nada motivador, mas não conseguiu conter a animação de todos, inclusive de Navin, que ergueu a garota nos ombros ignorando a carranca de Sereia Negra.

— Agora estão te chamando de Raio Rubro. Não é incrível?

Assustada e em conflito, Marina não sabia como agir enquanto era erguida e uma turba gritava:

— Raio Rubro! Raio Rubro! Raio Rubro!

Ficou aliviada de ir para o quarto depois da confusão. Agora, toda vez que estava sozinha, sentia liberdade em vez de solidão, até porque ficava pouco tempo sem companhia. Exemplo disso foi a reunião que aconteceu horas depois, na qual ela deveria apresentar o plano para erguer o tesouro até o navio.

Marina explicou que deveriam estar bem acima do local em que o navio afundara. A ideia era aumentar as cordas da âncora para que afundasse ainda mais que o normal. Se prenderia a ela para afundar rapidamente. Quando chegasse ao naufrágio, amarraria baús ou barras de ouro e subiria a superfície. Pareceu loucura para Navin e Sereia Negra, mas para Mateo soava mais como suicídio. Contudo, como a maioria apostou na ideia da garota, ele sequer foi ouvido. Obviamente, ela ocultou o problema com a pressão, os tímpanos poderiam estourar em uma grande profundidade. O jeito era treinar para se adaptar, pelo menos até o dia do mergulho.

Ao longo dos dois dias seguintes, testou sua capacidade de sobreviver submersa. Com uma corda ao redor das que içavam e submergiam a âncora, Marina descia cinquenta metros por vez, testando sua capacidade de respirar e de lidar com a pressão. Não era muito fácil. Quanto mais fundo chegava, mais sentia dificuldade, porém não perdeu os sentidos nem uma vez. Estava usando uma técnica que passageiros costumavam usar em aviões para aliviar a pressão; colocou ervas na boca e as mastigava como chiclete toda vez que sentia o ouvido tamponar. Ajudava quando bocejava ou respirava para dentro, tapando o nariz com a mão. Os livros que o pai a obrigara a ler por fim serviam para algo naquele novo mundo. No fim do segundo dia, conseguiu alcançar cem metros. Deveria encontrar o tesouro mais quinhentos metros abaixo. Para quem chegara até ali, aquilo parecia moleza.

Mateo acompanhava seus mergulhos, observando e contando o tempo que ela passava submersa. Inaiê até que gostaria de fazer o mesmo, mas seus afazeres no navio não permitiam. As coisas andavam tensas com a expectativa que a garota tinha gerado, e Sereia Negra caminhava para cima e para baixo dando ordens a todos. Mateo ficou impressionado com a capacidade de sobrevivência de Marina, mas seu coração acelerava todas as vezes que a via submergir. Tentou conversar com ela em particular:

– Você não tem como descer tão fundo e sabe disso.

– Por que vive me subestimando?

– Só estou preocupado, não tem como sobreviver quase meia hora embaixo d'água.

— Confie em mim, eu posso.

— Está alucinando! Não pode responder por si mesma! Pare com isso, por favor... — Ele começou a andar pela cabine, impaciente. Ela podia ver as veias dele saltando no pescoço quando continuou: — Estou implorando, Marina. O que vou fazer se você morrer? — perguntou ao segurar os ombros dela.

— Eu te prometo — ela segurou os ombros dele de volta — que não irei morrer.

Mateo apoiou a cabeça no ombro dela, percebendo que nenhuma palavra seria suficiente para dissuadi-la. O olhar dele estava cansado e triste quando voltou à própria cabine, em silêncio. Ele continuou assim por três dias e meio, até que o momento de executar o plano chegou. Içaram a âncora o máximo possível até o instante em que Marina desceria pela lateral do barco e amarraria o próprio corpo à estrutura fria.

— Isso é loucura! — Começava o burburinho no navio.

Uns concordavam que ela não estava sã, outros achavam que era algum demônio ou bruxa, mas Mateo foi o único a tentar impedi-la.

— Você não vai fazer isso! — alertou, segurando a mão dela.

— Não pedi sua permissão — respondeu, libertando-se. — E sua mãe já me deu a dela.

— Se quer tanto se matar — ele pegou a pistola de um dos marujos —, por que não ponho uma bala na sua cabeça logo?

— Está tentando me assustar? — perguntou ela, sorrindo.

Inaiê pegou outra arma e a colocou contra a cabeça de Mateo. Com isso, todos no convés sacaram espadas e pistolas, mirando-as em Inaiê, já que a proteção do filho da capitã era prioridade.

— Abaixem as armas — Marina pediu, e todos obedeceram, embora hesitantes. — Menos você, Mateo. Pensei que fosse mais doce, mas parece que conviver comigo te deu uma pitada de atitude. Entendo que está fazendo isso para que eu sinta medo e te obedeça. – Ela deu um passo à frente e levantou o braço com o qual Mateo segurava a arma. – Vou te contar uma novidade: não tenho medo. – Segurou o cano da arma com a mão direita e o encostou na própria testa. – Vou conseguir chegar lá embaixo e depois vou subir em segurança, mas se realmente não quiser que eu vá, então vai ter que me matar, porque se me der apenas um tiro, eu desço sangrando e me arrastando, mas eu vou.

Ele abaixou a pistola mais uma vez, devolvendo-a ao dono. Inaiê a olhou com brilho nos olhos, porque o ar estava inflamado de motivação. Marina não percebia, mas, depois que superou seu déficit social e timidez, inspirava de maneira grandiosa todas as vezes que abria a boca.

Colocou as cordas sobre o ombro e fez manobras arriscadas, equilibrando-se do lado de fora do navio até chegar à âncora, onde se amarrou.

– Podem descer! – gritou e submergiu, sem saber que não voltaria ao Vingança da Rainha Ana após aquele mergulho.

A água ali era diferente da água de Madagascar, mais fria e turva. Quanto mais fundo, mais escuro ficava. Desceu muito rápido e, quando chegou perto da profundidade que precisava, o seu ouvido começou a estalar e teve vertigens. Respirou fundo, percebendo que esse poder estava intacto e manteve a calma.

Como a âncora não tinha alcançado a profundidade suficiente, libertou-se das cordas e começou a nadar mais para o fundo. Quando viu a luz do ouro, guiou-se por ela. Podia ver mais claramente em volta. O navio estava em pedaços, nem parecia bem uma embarcação, mas escombros espalhados. Ela já tinha lido que ele havia pegado fogo, por isso estava completamente destroçado. Os baús também se desfizeram, revelando o tesouro que outrora ocultaram. Marina pegou as barras de ouro e começou a amarrá-las na âncora, mas, depois de dois baús, já não havia mais espaço nela. Como era o oitavo do tesouro, deduziu que já tinha carregado quase duzentos e cinquenta e seis milhões de xelins britânicos.

Estava pronta para subir quando viu algo brilhante no que deveria ser a proa do navio e se aproximou, pensando ser uma pedra preciosa. Ao tocar o objeto flutuante, percebeu que era gosmento. A água turva à sua frente se iluminou, revelando uma criatura sinistra, e o que Marina segurava era uma espécie de chifre. O enorme peixe tinha dentes mais afiados do que os de um tubarão e era tão grande quanto uma baleia. Cada fibra do corpo dela gritava durante o segundo em que encarou a fera. Não conseguiu distinguir que peixe poderia ser, o terror a petrificou frente às suas presas, com a luz néon do pêndulo diante do seu rosto. Parada ali, ante a morte certa, ela só estava arrependida de não ter ouvido o Mateo.

*Não vou morrer, não agora*! No momento em que o monstro ia entreabrir os dentes expostos, Marina colocou os pés nos olhos dele, pulando para as costas. Sentou-se como em um touro mecânico, enquanto o animal se debatia e, em seguida, disparava pelas águas. Segurou-se nele, os cabelos flutuavam para trás, parecia que as bochechas iriam desgrudar da cabeça. Mesmo com medo, Marina sentia como se estivesse em um foguete, nunca viajara tão rápido.

Até que, repentinamente, ele parou. Ela só não foi jogada para frente porque fincou as unhas – o que ele sequer pareceu sentir – no que batizou de *Enguia da Morte*. Percebeu que o monstro estava rodeando um tubarão. Foi quando o sangue dela gelou.

Sem dar tempo para que Marina pensasse ou agisse, em uma única investida, a Enguia da Morte destruiu sua preza, jogando uma enorme quantidade de sangue para todo lado. Marina percebeu que era uma oportunidade de fugir naquela névoa vermelha. Com um impulso, chutou as costas da fera aquática, que ainda abocanhava o tubarão morto, e nadou ferozmente para cima. Entretanto, como estava muito fundo, escondeu-se na primeira barreira de corais que viu, por segurança. Ao perceber que não tinha mais sinal da Enguia da Morte ou de outro predador, subiu à superfície. Após ser resgatada, içariam a âncora com o tesouro e ela teria cumprido sua missão.

Foi uma péssima ideia, porque, ao emergir, notou que tinha sido levada para mais de quinhentos metros do Vingança da Rainha Ana. Percebeu que a tripulação estava alvoroçada, porque o responsável pelo mastro principal naquele dia acabava de avistá-la à distância e anunciava a todos. A tripulação gritava estridente, mas ela não ouvia nada, estavam muito distantes. Era possível apenas vislumbrar o acenar de braços inquietos. Foi quando uma sombra cobriu a água em que boiava. Ao virar, viu um enorme galeão espanhol.

Por mais que tentasse nadar de volta, sabia que não conseguiria sair viva daquela situação. Dois soldados pularam na água e a agarraram por trás, enforcando-a até desmaiar. Quando acordou, estava em uma prisão novamente.

Dessa vez, em terra firme.

# DOM QUIXOTE

## MIGUEL DE CERVANTES

*Se nesse momento eu estivesse no ensino médio em vez de uma prisão espanhola do século* XVIII*, ainda seria a mesma pessoa?* Marina pensava aleatoriedades enquanto olhava a cela, bem mais suja e escura que a do Vingança da Rainha Ana. Para sua sorte, não tinha a companhia de mais nenhum prisioneiro. Para seu azar, o motivo da prisão vazia era porque, dependendo do crime, os prisioneiros eram enforcados. Pirataria era esse tipo de crime.

Ela estava adaptada a viver em isolamento, mas a possibilidade iminente de morte tinha mexido um pouco com a sua sanidade. *Se eu nunca saí da redoma e tudo que vivenciei até aqui for uma espécie de coma depois daquela explosão ou loucura baseada nos livros que eu tanto amava, como Dom Quixote?*

Mas a comida ali era tão ruim que descartou a hipótese de ilusão. Se pudesse viver em uma fantasia, com certeza seu cérebro não desejaria que fosse naquele local.

*Ninguém virá me buscar. É até melhor assim. Afinal, não é necessário que mais alguém morra para me salvar.* Lembrou de Mônica. Duvidava que se encontrariam após a morte. Depois de ouvir tantas passagens bíblicas vindas de Mateo, duvidava também que iria para um lugar bom. *Eu sempre reclamo da arrogância dele, mas nunca olhei para a minha. Mesmo sendo tachada de inteligente pelos meus companheiros, fiz tudo de forma afobada, ingênua e burra.* Bateu a cabeça na parede, ressentida. Eles haviam tirado a maioria das roupas dela. A ceroula e as talas que envolviam os seios eram tudo que cobria seu corpo, por isso sentiu um frio percorrer as costas e se encolheu.

Contava os dias pelas trocas de turnos dos guardas. Todas as vezes que o guarda loiro chegava, significava que era manhã. Sabia que estava havia três dias ali. *Eu não me curvarei. Não fiz isso em um navio, não farei em terra firme.* Começou a tentar achar um meio de sair, mesmo que não houvesse janelas e a única opção fosse as grades. Teria de atacar o guarda.

*Mas que culpa ele possui? Ele está do lado certo da lei. Se o atacar, eu continuaria fazendo o certo? Sou uma criminosa, então significa que mereço a morte? Complicado ter esse tipo de filosofia com só quatorze anos. Talvez estar prestes a morrer tenha me deixado arrependida sobre a minha vida e um tanto dramática demais.*

Não davam facas para ela comer, só uma colher e uma tigela. Sabia que, se quisesse sair dali, teria de dar um jeito de alcançar a arma de suas sentinelas. Observou atentamente o guarda mais descuidado, o da manhã. Notou que ele nunca se preocupava em ficar muito próximo à grade quando trazia as refeições. Aproveitou um momento de distração, quando ele se virou, logo após lhe entregar a comida, para pegar o punhal na parte de trás do cinto dele.

— Abre a cela agora e sem alarde.

Enquanto o fazia, Marina não tirava os olhos da garganta dele. Depois que saiu, pegou as armas e as chaves e arrancou um pedaço da farda para amordaçá-lo, jogando-o na cela. Não poderia levar todas as armas, pois não tinha onde prender o coldre, já que usava as roupas de baixo. Então, pegou uma pistola em cada mão e pôs o punhal na boca.

O que ela não esperava era um batalhão inteiro assim que saiu do andar das celas. Esmurraram-na tanto que nem foi capaz de dar um tiro que fosse. Voltou para a cela, pensando que uma ideia melhor seria ter usado as roupas do guarda para sair de forma mais discreta. *Afobada, mais uma vez.*

Passaram-se seis dias até Marina começar a se incomodar com a demora em matá-la. O enforcamento de piratas devia chamar a atenção do povo, então por que adiar tanto uma execução? Na troca de turno dos guardas, ela teve a resposta:

– Não entendo ainda não terem matado a imbecil – um deles comentou.

– O comandante está em Santa Fé de Bogotá. Parece que agora o nome dessa jurisdição colonial é Vice-Reino de Nova Granada. Está havendo uma comemoração por causa disso. Na volta, deve usá-la de exemplo para o poder espanhol.

Marina entendeu parcialmente o que falavam, porque seu espanhol não era tão bom, e eles falavam rápido, mas captou a mensagem de que ainda não morreria. Foi quando algo, que normalmente não acontece, aconteceu. Dois soldados apareceram e começaram a discutir por algo incompreensível com os guardas dos turnos da manhã e da noite, que ainda estavam conversando. Até que, rapidamente, um dos que chegou sacou um arco e atirou duas flechas, que matou os guardas na hora.

– Marina!

Ela ouviu um deles dizer, mas se encolheu amedrontada, sem entender quem era.

– Sou eu, Inaiê.

Ele pegou o lampião e colocou contra o rosto.

Suspirou aliviada e começou a chorar de felicidade. O outro guarda a abraçou e, pelo som da respiração e o cheiro, percebeu que era Mateo.

– Vamos sair daqui. – Inaiê os apressou.

Algemaram-na para fingir que a transfeririam, mas, assim que saíram da prisão, os outros guardas notaram algo estranho e os cercaram contra um muro onde só havia barris e um telhado baixo.

— Você é um impostor! — Mateo gritou com o comparsa em espanhol.

— Como ousa me acusar, quando você é o bandido entre nós! — Inaiê respondeu em português.

— Claramente você é um índio! Como afirma ser um espanhol?! — gritando, Mateo sacou a espada.

— Minha mãe era índia, meu pai é espanhol. Não me acuse sem provas! — O outro arqueou o arco.

Marina percebeu a deixa e saiu se esgueirando pela parede até virar a esquina. Os soldados, facilmente entusiasmados pelo confronto, apostavam em quem ganharia a luta e nem perceberam o sumiço da prisioneira. Inaiê atirou uma flecha, errando de propósito o peito de Mateo e acertando um barril, que começou a vazar.

Os dois subiram nos barris, e Inaiê começou a desviar da espada.

— Está perto demais — ele sussurrou, com medo de ser atingido, e depois levantou a voz. — Você não tem chance contra a minha ira!

Pulou no telhado e atirou duas flechas que acertaram o chão, sendo respondido por um grito de decepção dos guardas.

— Acha que pode fugir de um soldado espanhol? — Mateo também pulou no telhado. — Então fez a suposição... certa!

Os dois correram pelos telhados, sendo perseguidos pelas balas das pistolas dos soldados, mas, depois que cruzaram cinco ruas, conseguiram despistá-los. Encontraram Marina mais adiante e tiraram os sobretudos vermelhos do exército espanhol. O porto seria uma saída óbvia, por isso mesmo não foram para lá.

— Melhor irmos a uma hospedaria — Mateo propôs.

Foi o que fizeram. Chegando lá, descobriram que não tinham dinheiro suficiente.

— Como pode ter tão poucas moedas? — Marina indagou, aflita. — Eu consegui erguer o tesouro. Temos milhões!

— Você pensou que eu iria trazer uma enorme barra de ouro ou pérolas? — Mateo sussurrou, para não chamar atenção na hospedaria. — Depois que foi pega, não tivemos como aportar em nenhum lugar próximo, por isso não trocamos as barras e as pérolas por moedas.

— Esse dinheiro é suficiente para um quarto? — Marina perguntou à dona da hospedaria.

— Sim — respondeu ela, estranhando os trajes íntimos em que Marina se encontrava.

— Então ficaremos com ele.

— Mocinha, não sei o que irá fazer nesse quarto *exatamente*, mas não pode circular na minha hospedaria com esses trajes. Não somos esse *tipo* de lugar.

Marina ficou envergonhada, porque não tinha notado que estava tão indecente, e cobriu o próprio corpo, ficando tão vermelha quanto o próprio cabelo.

— Senhora, ela foi atacada! — Inaiê se impôs. — Somos seus amigos e a resgatamos. Vamos dormir no mesmo quarto para que se sinta mais protegida. Ela mora longe, por isso está dessa forma. Se a senhora dispuser de alguma roupa velha que possa ceder...

— Ó céus, não imaginava! — A mulher pôs a mão na boca, completamente arrependida do comentário anterior. — Venha cá, criança, vou lhe dar um dos vestidos da minha filha.

— O que você fez? — Marina sussurrou entredentes para Inaiê.

— O que foi necessário — respondeu.

Ela demorou algumas horas com a mulher enquanto Inaiê e Mateo se lavavam no quarto, preparando-se para dormir.

— Não riam de mim — ela alertou ao entrar pela porta.

Marina usava um vestido de cetim verde, delicado e simples, mas com certa elegância. Era estranho para ela, que nunca tinha usado um vestido na vida, ainda mais com toda aquela pompa, mas para os dois rapazes naquele quarto ela era o ser mais lindo que tinham visto e perderam totalmente o fôlego. Marina, por outro lado, percebeu que ambos estavam sem camisa e ficou envergonhada. Os três não sabiam para onde olhar.

— Vo-você está bonita — Mateo falou em um quase sussurro atropelado.

— Obrigada. — Passou a mão pelos cabelos, presos num coque levemente arrumado. — Só temos uma cama?

— O que esperava quando pediu por apenas um quarto? — Inaiê sorriu para ela, foi até a janela e a fechou. Não queria que chamassem atenção. Então, concluiu: — Pode ficar com a cama, eu e Mateo dormiremos no chão.

— Não é justo. Além disso, o certo seriam dois ficarem na cama, e duvido que um de vocês vá querer dividi-la comigo... — Percebeu que soou indecente e se atrapalhou. — Não é certo, digo... é melhor vocês dois ficarem na cama, eu durmo sobre os cobertores no chão e não aceito um *não* como resposta.

Pegou os cobertores e se escondeu sob eles.

# OS TRÊS MOSQUETEIROS

## ALEXANDRE DUMAS

— Você se considera uma pessoa feliz?

— Com qual de nós está falando? — Mateo estava quase dormindo, mas preferiu não a censurar pela interrupção.

— Os dois podem responder isso.

— No meu caso — Mateo continuou —, me sinto completo. Tenho paz e tenho certeza de que é pela minha fé em Jesus. Sei que falo muito sobre isso, mas é a verdade. Salmos, capítulo quatro, versículo oito: "Em paz me deito e logo pego no sono, porque, Senhor, só tu me fazes repousar seguro". Eu literalmente durmo toda vez que tento. Já não tenho mais as cicatrizes no meu peito, não choro mais à noite pela minha irmã, apesar de sentir uma enorme saudade. Eu sou feliz.

*Ainda mais depois de ter te conhecido*, ele pensou e quis dizer, mas se conteve pelo fato de Inaiê estar bem ali.

— Minha felicidade depende muito da situação — Inaiê pontuou. — Acho que o que sinto é algo mais leve, como alegria, e só encontro quando estou com as pessoas que amo. Depois que a minha família morreu, não tinha sentindo essa alegria de novo, até que te conheci, Marina.

*Desgraçado! Como teve coragem de falar isso antes de mim e ainda por cima na minha frente?!* Ninguém viu quando Mateo enfiou a cara no travesseiro, tentando conter a raiva, mas, ciente de que provavelmente o tinha irritado, Inaiê sorriu e continuou falando:

— Por que essa pergunta tão tarde da noite?

— Eu... já fiquei bem perto de morrer muitas vezes. Houve uma vez, antes de conhecer vocês, em que apenas aceitei. Sabia que morreria, mas já não importava, porque ninguém, além dos estranhos que chamava de família, sabia da minha existência. — Fechou os olhos com força. — É diferente agora. Aquela cela da qual me tiraram não é como a que eu vivia. Tinha medo de não navegar mais, de não ver mais o céu ou o mar, de não conversar com vocês novamente. Sei que devo parecer imprudente, arriscando a minha vida toda vez que temos alguma aventura, mas sempre havia algo em jogo, alguém que eu valorizasse ou o ideal de não matar sem motivo. Porém, presa lá, não queria morrer, não *podia* morrer. Acho que parte dessa mudança foi por conta do que me dizia, Mateo. Os Salmos me confortaram de uma forma que nenhuma outra leitura conseguiu. Nunca tinha tido acesso à Bíblia ou qualquer religião de onde vim. Não tinha notado antes o quanto as palavras de uma fé baseada em amor e perdão eram afáveis. Não sou feliz, mas ainda assim, pela primeira vez, percebi que tenho *direito* a isso.

— Você também teve medo da morte por outro motivo, não é? — Mateo questionou, inseguro. — Por começar a acreditar em Deus, teve medo de não saber para onde iria depois que morresse.

— Como pôde dizer isso a ela? — Inaiê jogou um travesseiro nele. — Que tipo de erro ela cometeu a ponto de ir para o inferno?

— Calma, Inaiê! O Mateo está certo. A dúvida de não saber o que vem depois me deixou agoniada... mas, fugindo do assunto, nós não somos jovens demais para essas discussões, ainda mais a essa hora da noite?

— Em primeiro lugar, já faz tempo que não somos mais crianças, se é que um dia já fomos — Mateo falou, esperançoso por saber que ela poderia entendê-lo, mesmo que só um pouco. — Em segundo lugar, realmente a noite já avançou muito, é melhor dormirmos.

Na manhã seguinte, Mateo foi o primeiro a acordar e, como o seu lado da cama dava para o chão onde Marina estava deitada, inclinou-se e ficou a observando dormir. Percebeu que ela tinha emagrecido um pouco, possuía olheiras sob os olhos, e seu cabelo estava mais escuro. Quis tocá-la, abraçá-la e protegê-la, para que nada assim acontecesse novamente, mas Inaiê estava certo: era mais fácil Marina protegê-lo do que o contrário.

Ele fingiu dormir quando ela abriu os olhos e começou a limpar a baba. O vestido de cetim estava amarrotado, o coque que a senhora da hospedaria tinha feito nela estava desfeito. Nunca tinha se importado tanto com a aparência, mas ali, com dois homens em um quarto, queria ficar o mais apresentável possível. Levantou-se apressada e foi lavar o rosto em uma pia.

— OUITÊ! — Inaiê acordou gritando, e Mateo se assustou, pulando da cama.

Marina correu em direção ao amigo, agachou-se ao seu lado e lhe segurou a perna.

— Aicotã erecoçá? — Ela passou a mão pelo peito dele, acalmando-o.

— Estou melhor... — ele respondeu, esfregando o próprio rosto e já parecendo consciente de que havia tido apenas um sonho.

— O que está acontecendo? — Mateo estava assustado e um pouco incomodado com aquela proximidade.

Marina se levantou para responder:

— Ele acordou gritando pela mãe, e eu perguntei se estava bem. Já aconteceu isso algumas vezes enquanto estávamos presos juntos.

— Não que isso seja da conta dele. — Inaiê já tinha levantado e lavado o rosto.

— Desculpe, não quis te expor... — Marina lamentou.

— Isso também acontecia comigo — Mateo os interrompeu —, mas eu gritava pelo meu pai. — Ele e Inaiê se encararam, um lampejo de respeito mútuo surgiu ali.

— Rapazes, sinto interromper, mas seria melhor descermos para comer.

Já se dirigiam ao salão quando, logo nos primeiros degraus da escada, ouviram uma agitação vinda do térreo.

— Senhora, viemos vistoriar esse local em nome da Guarda Real! Uma fugitiva conhecida como Raio Rubro está foragida. Ela tem cabelos ruivos e foi ajudada por outros dois homens...

Os três voltaram para o quarto, planejando como sairiam daquela enrascada.

— Vamos pular a janela — Marina propôs.

— Isso vai chamar muita atenção! — Mateo passou a mão pelo cabelo. — Já sei. Marina, tire a roupa!

— Como é que é?! — Inaiê e Marina questionaram em uníssono, incrédulos.

— Explico no caminho.

Cinco minutos depois, os três desceram as escadas, mas com as roupas trocadas. Mateo usava o vestido verde de cetim e tinha soltado os cabelos pretos. Roubara um leque de outro quarto, onde os hóspedes dormiam, para cobrir o rosto. Marina usava a calça, camisa e o sobretudo preto de Mateo. Havia posto a bandana do Inaiê para disfarçar o cabelo.

— Ei, vocês! — um dos soldados gritou quando eles estavam quase alcançando a porta.

— Pois não? — Marina respondeu, engrossando a voz.

— Podem dizer quem são?

— Eu sou Bill... Gates. Essa aqui é... Aurora, minha esposa. — Puxou a cintura de Mateo e a colou junto à sua. — Aquele é meu guarda pessoal. Como sou um homem de posses, preciso de proteção enquanto viajo.

— Sua esposa é... um pouco alta. — O guarda parecia desconfiado, mas voltava seu olhar para Mateo, e não para Marina.

— Veja lá como fala com a minha mulher!

— Não quis irritá-los, senhor — desculpou-se, começando a se aproximar. — É que vocês parecem um casal incomum...

Não vendo jeito de dissuadi-lo e percebendo que, se ele chegasse mais perto, seriam descobertos, Marina pegou Mateo e o inclinou em seus braços.

— Ela é o amor da minha vida e é esguia como uma amazona. É uma das qualidades que amo nela — respondeu rapidamente e, usando muita força, beijou-o.

O beijo foi longo. As línguas se entrelaçavam com certo desespero. Para Mateo, que foi pego de surpresa, o coração acelerou em questão de segundos. Sentia o peito quente e queria que ele estivesse a envolvendo em seus braços, e não o contrário. Para Marina, que também tinha o seu primeiro beijo, foi babado e confuso, mas tinha sabor de hortelã e de carinho.

Mateo vestido como mulher era pouco atraente, por isso o soldado deu um passo para trás, um tanto enojado e constrangido.

— Não vou mais incomodá-los. Vejo que realmente ama sua esposa. Passar bem!

Os três saíram dali em silêncio. O falso casal não queria se encarar, e Inaiê estava borbulhando de raiva por ter visto a cena. Queriam correr para chegar mais rápido ao cais, mas as ruas pareciam iguais e havia soldados por toda a parte, razão pela qual tiveram de caminhar discretamente.

No porto, puderam se misturar à multidão, mas os garotos não encontraram o barco que haviam deixado ancorado. Sem dinheiro, não havia como comprar ou alugar outro. Inaiê pediu aos dois que esperassem cinco minutos. Depois disso, o viram a uns dez metros da costa e não tiveram outra opção além de entrar na água e nadar até ele.

— Onde conseguiu esse barco?

— Roubei.

— Parece que nasceu para fazer isso — Mateo comentou.

— Não, *você* nasceu para isso. Eu só aprendo rápido.

Mateo abaixou a cabeça. Sempre pensava nisso, era o único filho que sobrara de um casal famoso de ladrões e não queria roubar. Mesmo sabendo que estava fazendo o certo, perguntava-se se os pais desejariam que tivesse nascido se soubessem o tipo de homem que ele se tornaria.

— Mas você não é covarde — Inaiê completou —, em nenhum sentido.

Isso aliviou o coração de Mateo, mas não seus braços, porque os três estavam remando aquele pequeno barco havia meia hora. Estavam bem longe de chegar ao Vingança da Rainha Ana, que estava escondido atrás da ilhota mais próxima, ao sul da costa. Resolveram descansar um pouco. Por sorte, o dono do barco o havia abastecido com dois odres de água e um cesto de pães sem fermento. Marina e Mateo comiam se sentindo um pouco culpados pelo real dono da comida e do barco. Inaiê, por outro lado, não parecia se importar.

Mateo começou a se despir, porque não queria virar motivo de riso quando chegassem ao navio. Aproveitou o vestido para usá-lo como uma sombrinha improvisada, já que o sol estava forte. Para Marina, a visão dele usando apenas um calção era colírio para os olhos. Mas Inaiê, percebendo os olhares, começou a sacudir o corpo para frente e para trás a fim de impedir a visão dela. Era um trio engraçado. Marina pensou em como eles tinham arriscado suas vidas para salvá-la. Ela se sentia como D'Artagnan, o mais fraco entre *os três mosqueteiros*. Ainda assim, o lema prevaleceu, também se sacrificaria para salvá-los, se fosse preciso: "Um por todos e todos por um".

Demorou quase um dia inteiro para chegarem. Revezaram os remos, mas todos estavam com os braços doloridos e latejando. Quando avistaram o navio, nem tiveram forças para erguer os braços, só esperaram. Quando foram vistos, deu para ouvir dali a gritaria em comemoração.

Sereia Negra levou o filho para a cabine dela e mandou servi-los. Marina foi recebida com muitos apertos de mão, abraços e euforia. O mais feliz no convés era Navin, que colocou Marina sobre os ombros e chorou como criança.

– Minha menina! Minha menina voltou! – gritava, emocionado. Mas ela tinha ficado maior naquele ano, então logo a colocou de volta no chão e bagunçou o cabelo dela. – Está segura agora, pequena.

Durante todo o trajeto, questionava-se por que a capitã arriscaria o próprio filho para resgatar a cozinheira, ainda mais quando já conhecia a localização do galeão. Decidiu perguntar ao companheiro de forno, que sabia de todas as fofocas do lugar.

Quando desceu para a cozinha, Javier abriu um sorriso tão grande que dava para ver de longe. Ele se virou e estendeu sua mão, mas, em vez de apertarem as mãos em si, seguraram no braço um do outro. Marina entendeu o gesto como um sinal de igualdade e respeito.

— Demorou para voltar! Nunca duvidei que estivesse viva. Vem cá! — Pegou uma colher do caldeirão e soprou, estendendo-a para ela. — Preparei esse ensopado quando soube que a tinham resgatado.

Marina provou, e o ensopado desceu pela garganta, aquecendo seu corpo de uma forma tão agradável que suspirou de alívio.

— Obrigada, meu amigo. Isso está uma delícia.

— Vou preparar um prato para você. Fique tranquila, não vou permitir que ninguém coma desse caldeirão além de você. Vai se fortalecer rápido.

— Quero te perguntar... Por que o Inaiê e o Mateo foram me resgatar?

— Entendo o que quer saber... Ela nunca deixaria o Mateo ir, por isso ele fugiu, logo depois do Inaiê se oferecer para ir sozinho, já que era um dos poucos que não têm o rosto marcado e a cabeça a prêmio.

— Sabia que a capitã me abandonaria.

— Se ele não tivesse ido, a Sereia Negra teria deixado você e o Inaiê para trás. Já lhe disse, por mais de uma vez, ninguém aqui é confiável, principalmente ela.

Marina voltou a comer em silêncio. A vida dela valia para a Sereia Negra tanto quanto para o seu pai. Enquanto fosse útil não seria descartada, mas, mesmo tendo um propósito, se o custo para a salvar fosse grande, a deixariam para morrer. Tentou mudar de assunto, queria saber mais sobre o amigo.

— Javier, como aprendeu a tocar violino?

O sorriso dele murchou.

— Com a irmã do Mateo.

— Como assim? — Marina realmente estava surpresa.

— Nós tínhamos a mesma idade. Se estivesse viva, teria dezenove anos também. Ela era uma excelente espadachim. Tinha lindos cachinhos pretos e tocava violino quase toda noite. Ela tinha um espírito de luta — suspirou —, como o seu.

Marina entendeu que a irmã do Mateo fora o primeiro amor do Javier. Estava claro nos olhos dele e pelo jeito que falava dela. *Deveria ter sido uma boa garota. É uma pena o que aconteceu*. A conversa não durou muito, pois o cozinheiro ficou desconfortável por tocar em uma ferida do passado desse jeito.

Mesmo com o cozido, o corpo de Marina doía. De todas as prisões, aquela foi a mais prejudicial. Foi para a cabine e se deitou na cama. Ela olhava para o teto, buscando qualquer sentido para continuar ali. Queria proteger seus amigos e sabia que se alguém ali a amava era o Navin, que a tratava como filha. Também gostava do Mateo e do Inaiê, que começavam a lhe despertar sentimentos.

*Sempre duvidei de mim mesma. Toda vez que me tratam como lixo, me abandonam ou me subestimam, parece que me jogam tão para baixo que tudo parece inalcançável, e volto a duvidar. Apesar de tudo, nunca desisti dos meus sonhos, nem mesmo quando estava presa, nem mesmo quando pensei que morreria. No fundo, sabia que aquilo não poderia ser o fim. Não desistirei desses sonhos agora. É como se quase pudesse tocá-los...*

# O REI ARTUR E OS CAVALEIROS DA TÁVOLA REDONDA

## THOMAS MALORY

Existem acontecimentos que uma jovem espera ao completar quinze anos, uma grande festa, por exemplo, ingressar no ensino médio e até começar a namorar. Não era o caso de Marina. Tudo o que esperava no dia do seu aniversário era trabalhar um pouco menos na cozinha, receber uma porção extra de comida e ficar no convés o maior tempo possível. O que ela não esperava, no entanto, era receber um presente.

Navin foi o primeiro a vê-la; bateu na porta dela assim que o sol nasceu. Segurava um embrulho reto de tecido velho e bagunçou seu cabelo assim que ela atendeu à porta com o rosto amassado de sono.

— Já é uma mulher, pequena. Deve carregar algo a sua altura — afirmou, estendendo o pacote.

Ao desembrulhar, viu que era uma espada, mas não era uma arma qualquer. O punho era todo feito de jade e tinha um brilho verde quando iluminada pelo sol. Seu formato era de uma espiral que ia até a lâmina, a bainha era de couro preto. Ao desembainhá-la, viu que não era de aço, o brilho era diferente, era de prata.

— Não posso aceitar, deve ter sido muito cara.

— Realmente foi. Mas não serve para mim, é muito pequena. Além disso, você sabe muito bem que prefiro usar machados.

— Nesse caso, eu aceito. É muito bonita! Muito obrigada! — Abraçou-o com muita força. Era o primeiro presente que ganhava na vida. — Mas como soube que era meu aniversário?

— Javier me contou. Você não falou sobre o seu aniversário anterior por não saber que receberia uma porção extra de comida, não é mesmo?

— Dessa vez, achei que valia a pena.

Coçou a cabeça, um pouco envergonhada.

— Vou te deixar em paz, deve querer se arrumar e festejar com os outros garotos. Se quiser algo é só gritar por mim.

Ele deu um tapinha no ombro dela e se afastou.

Ela decidiu pôr uma camisa de seda marrom com fios dourados, além de calças, botas e sobretudo pretos. Não sabia direito se alguém mais a parabenizaria, então era melhor ficar apresentável. Não esperava por mais uma batida na porta, que veio logo em seguida. Era um pirata que quase cego, não sabia se ele se chamava Billy ou Taylor. O que não importava, porque aparecera apenas a pedido da capitã, que queria uma conferência.

— Sente-se — ela disse, quando Marina cruzou a porta. — Quero lhe narrar um conto. — Sem esperar que a menina lhe dissesse qualquer coisa, iniciou: — Havia um jovem que procurava riqueza, pois queria ter dinheiro suficiente para se casar com uma mulher que fosse digna. Ao desbravar uma floresta, encontrou uma bruxa muito feia que prometeu lhe dar o que ele desejava desde que respondesse a seguinte pergunta: "O que uma mulher mais deseja na vida?". Contudo, se ele não descobrisse, acabaria se casando com a bruxa. Então o jovem partiu dali e, mesmo tendo viajado muito, não encontrou a resposta. Voltou com tristeza e viu que na floresta havia agora um castelo. Achou ter fugido da bruxa, mas descobriu que o castelo era mais um de seus domínios. Sem ter para onde correr, mandou convidar os amigos para o casamento e foi presenteado com chacotas, pois todos achavam que ele estava interessado no dinheiro da bruxa, já que ela era horrenda. Já casado, ao entrar no quarto com a esposa, percebeu que a feiticeira tinha se transformado em uma mulher lindíssima e ela lhe fez a seguinte proposta: "Se quiser, poderei ser aquela bruxa horrenda de manhã, mas linda à noite, ou posso ficar linda de manhã, para se mostrar aos seus amigos, mas à noite dormirá com uma bruxa horrenda. O que prefere?". Para a surpresa dela, ele respondeu: "Não posso decidir sobre isso, você deve escolher o que for, para você, mais confortável". Ela ficou feliz e explicou-lhe: "Com essa resposta, você quebrou minha maldição. Ficarei sempre bela, porque o que uma mulher mais deseja na vida é ter o direito de escolher o próprio destino." – finalizou a capitã, bebericando a água.

– Achei a história bonita, senhora, mas por que está me contando isso?

Marina sabia que era uma das histórias vividas pelo lendário personagem Rei Artur.

– Primeiro, porque soube que é seu aniversário e queria te dar o conselho de procurar um homem que entenda a necessidade de sua independência. Segundo, porque queria lhe dizer que esse homem é meu filho.

– Senhora... acho que há algum engano.

– Conheço bem o meu filho. Pode discordar, mas ele parece comigo. Lutaria até a morte pelo que acredita. No caso dele, a fé em Deus, no meu caso, o amor pelo ouro. Por isso consigo ver quando ele se apaixona. Não tinha acontecido antes, pelo isolamento em relação à outras mulheres. Eu sabia que vocês se aproximariam justamente por falta de opção, só não imaginava que ele fugiria de mim, algo que nunca fez, e arriscaria tudo pela primeira mulher que já encantou seu coração.

— Senhora, voltarei a repetir: somos amigos. Acredito que ele me veja como irmã ou algo assim.

— Garotinha, você só é arrogante e confiante quando não se trata de amor, não é? — Ela aproximou o rosto. — Vejo o porquê: ninguém te amou antes, nem mesmo a sua família.

Marina se encolheu, não queria ter aquela conversa. A capitã continuou:

— Posso compreender. Te contei sobre o Teach, mas, antes disso, eu tinha mãe e pai... éramos do interior. Minha mãe era gentil, meu pai era... menos que isso. Quando ela ficou doente e morreu, ele me vendeu como escrava ao primeiro viajante que passou por lá. Por sorte, o homem nem me tocou, queria que eu fosse camareira em um navio de luxo. Certo dia, adormeci depois do serviço e quando acordei todos os patrões estavam mortos. Teach convidou os homens a se juntarem à tripulação e prometeu deixar as mulheres em um porto próximo, mas, até chegar lá, ele se afeiçoou por mim, foi cavalheiro e pediu para se casar comigo. Esperava que ele fosse um homem bom, mas se revelou um boçal. Meu filho não é como o pai, e é por isso que procuro uma mulher que seja boa para ele, porque, mesmo que pareça arrogante, ele é tão ingênuo quanto um golfinho.

— Nesse caso, devo dizer que subestima seu filho tanto quanto me superestima. Como dona de meu destino, e a senhora mesma o disse, decidirei o que fazer da minha vida. Então, agradeço o conselho, mas, se me der licença, aproveitarei o restante do meu aniversário.

Saiu pela porta, um tanto confusa e ofendida.

Sentada no convés, parecia que ninguém queria dar espaço para os seus pensamentos. Inaiê pôs a mão no seu ombro, ao chegar por trás de surpresa.

– Marina, esperava ser o primeiro a cumprimentá-la no dia do seu nome, mas percebi que, de novo, não sou o primeiro. – Fez uma pausa, procurando olhar para o mar em vez dos olhos dela, pois buscava coragem. – Meu presente é algo diferente. Para começar, tenho que confessar que meu nome é bem comum para mulheres – falou, rindo. – Minha mãe achava que eu seria menina e amava muito esse nome. Por isso, mesmo quando nasci menino, ela insistiu. O que para mim foi uma porcaria, já que os outros garotos riam de mim e enfiavam minha cabeça na terra. Ainda assim, gosto do que esse nome representa. Inaiê significa "águia solitária". Depois de tudo que aconteceu ao meu povo, pensei que fosse um presságio ter que viver sozinho. Não penso mais assim, porque não sinto solidão desde que você esteja ao meu lado. Mesmo sabendo que não sou a sua primeira opção, saiba que tudo que tenho e posso te dar hoje é o meu coração. – Pôs a mão no queixo dela, trazendo-a para perto. – Eu amo você. – Encostou a testa na dela e depois se afastou. – Mas não vou pressioná-la.

Levantou-se e saiu do convés, com as mãos suadas e com o coração ardendo.

*Logo no dia em que eu queria paz, desmancham sobre mim os sentimentos de todo mundo?* Sua garganta estava seca e o estômago em frangalhos depois daquela confissão, mas pensou que havia poesia na brutalidade dele. Encostou a cabeça, movendo-a para trás, e fechou os olhos, respirando fundo. O cheiro da maresia já era um velho amigo.

Mal sabia ela que Mateo tinha presenciado a confissão, pois estava ajudando em um dos mastros e pôde ouvir lá de cima.

Quando abriu os olhos, o viu pendurado uns quatro metros acima dela. Enrubesceu. *Será que ele ouviu tudo? O que ele deve estar pensando de mim? Quaisquer chances que pudéssemos ter devem estar enterradas depois disso.* Ele acenou para ela, que retribuiu, baixando a cabeça em seguida.

Mateo, por outro lado, queria disfarçar a todo custo o que tinha presenciado. A raiva borbulhava em cada fibra do corpo dele. Era frustrante, mas justo. Não poderia atrapalhar se eles se amavam. Contudo, se ele tivesse uma chance, por menor que fosse, de que ela não correspondesse àquele homem... *O que eu faria, então? Me declararia sem saber se ela sente o mesmo? Não sei o que doeria mais: ser trocado por ele ou ser trocado por nada.*

# A ARTE DA GUERRA

## SUN TZU

Antes mesmo de ficarem à deriva, a semana de Javier estava sendo horrível. Os homens reclamavam da comida dele e preferiam a de Marina, o que lhe feriu o orgulho. Mas agora que estavam racionando as porções, as reclamações eram tantas que lhe feriam os ouvidos, o que, descobriu, era muito pior.

Alheios ao descontentamento de Javier e à fome crescente que já estavam acostumados, Marina e Navin jogavam Go! no convés. Em algum momento do jogo, ela lembrou de uma obra lida havia certo tempo, numa das madrugadas com Mônica.

– Já leu *A arte da guerra*, Navin?

– Não, não sei ler direito, por isso fico com a parte prática da navegação, mas já ouvi falar.

– Acredito que cada um possa ser descrito com um ensinamento desse livro.

– Com qual me descreveria?

– O quinto: "trate seus homens como filhos, e eles o seguirão aos vales mais escuros. Trate-os como filhos queridos, e eles o defenderão com o próprio corpo até a morte".

– Tem um sobre si mesma?

– Ainda não, mas já pensei na maioria da tripulação. O Mateo seria "A suprema arte da guerra é derrotar o inimigo sem lutar". E a capitã: "Um líder lidera pelo exemplo, não pela força".

— Não acho o último certo. Não quero parecer mal-agradecido, mas no tempo em que estamos sem vento, sem previsão de atracar e reduzindo a comida, ela tem feito ceias fartas na cabine. Então, exemplo não é a palavra certa para defini-la.

A conversa parou por ali. Por algum motivo quase sobrenatural, toda vez que alguém falava mal da Sereia Negra, logo vinha um silêncio recheado de tensão. Marina não sabia que um problema que começou com esse silêncio terminaria em gritos.

O que Marina compreendia, depois de muito refletir, era de quem realmente gostava. Isso porque uma noite, durante a calmaria do mar, sonhou com algo que parecia certo, que parecia bom. No sonho, estava em uma praia quando piratas inimigos corriam pela costa ao encontro dela. Viu-se sozinha, até que, de repente, Mateo apareceu na sua frente e parou os inimigos com o poder da mente, como o Charles Xavier.

Ele ainda pegou na mão dela e correu pela areia, mas o cenário mudou do nada. Logo depois estavam em uma cafeteria que ela tinha visto em um filme da *Sessão da Tarde*. Ele usava um suéter preto e um boné escrito "Fé", já Marina usava um macacão estilo *swag*, largo e confortável, como ela gostava. Tomavam milkshakes, sem conversa nem contato físico. Apenas a forma como a luz que entrava pela janela refletia o sorriso dele, além daqueles olhos escuros misteriosos que a observavam, fez com que ela tivesse certeza do que sentia.

Quando acordou, a certeza ainda estava ali, sentada em seu peito. Aproveitaria a primeira oportunidade que estivessem a sós e se declararia. Isso também significava que teria de dispensar Inaiê, o que não seria fácil, pois não queria decepcionar o amigo. Por isso, o mais correto a se fazer era conversar com ele antes.

Convidou Inaiê para sua cabine e pediu que ele se sentasse.

— Não precisa me dizer nada. Te conheço o suficiente para saber, pelo seu rosto, que sua resposta não será positiva. — Antes que ela pudesse falar qualquer coisa, ele prosseguiu: – Não se preocupe, ainda sou seu amigo e continuo sendo sua espada e escudo. Me amando ou não, não vou sair da sua vida.

Ela quis abraçá-lo e pedir desculpas, mas não fez isso, sabendo que ia confundir os sentimentos dele. O amigo precisava de espaço. Era triste saber que, aparentando ser valente e despreocupado, ele tinha ficado transtornado quando se tratava dela. O silêncio era constrangedor, mas ele pôs a mão na cabeça da amiga e deu um sorriso amarelado, saindo do quarto.

Derrotado, olhou para o céu. *Minha sina ainda é voar sozinho, mas que ela seja meu sol e guia.* Pôs a mão na cintura e xingou o missionário mentalmente, sabendo que Marina o tinha rejeitado por ele.

Ela estava confiante o suficiente para procurar Mateo, que não estava no quarto, no convés ou em lugar nenhum. Para sua surpresa, encontrou-o na área comum de refeições, comendo um prato de mingau ralo.

– Queria falar com você. Não esperava te encontrar aqui.

– Inaiê e eu acordamos cedo e fomos pescar. Ele é legal, mas ultimamente tem agido de modo estranho. Fui mostrar como uso o arpão e ele me rebateu com: "Quer ensinar um tupi a pescar?!". Não entendi a antipatia oscilante por mim.

Marina percebeu que era claramente ciúmes, mas decidiu focar no seu objetivo ali. Sentou-se na frente de Mateo. A mesa e um prato de mingau os separavam.

– Eu... – A garganta estava seca e as pernas tremiam – queria te contar... É sobre mim, na verdade, sobre você... Bem, desculpa o meu nervosismo, mas é que...

Naquele momento, Navin chegou ofegante, interrompendo-a. Dava para ouvir o som da gritaria de onde ele vinha.

– Marina! – Ele tirou o bastão da bainha dela e pisou no *taser*, quebrando-o. Não se deu conta da espada, contudo, que repousava do outro lado da perna dela, contra a parede. – Você precisa me ouvir agora!

– O que está acontecendo? – Mateo perguntou alarmado, e Navin deu um tapa como resposta, fazendo-o cambalear.

– Navin! Eu não entendo...

Marina se ergueu, assustada, dando dois passos para trás.

– A capitã deixou boa parte dos homens passando fome. Ainda tem aquele ouro... Todos poderiam se aposentar, mas ela quer comprar uma frota. Não tivemos escolha senão o motim.

– Eu sei que a Sereia é raivosa, mas poderia convencê-la. Não temos motivo para uma guerra entre nós! – Ela tentou convencê-lo.

Navin puxou um punhal, fazendo-a recuar, mas se virou e foi em direção ao Mateo enquanto falava com ela.

– Sei que me entende, ruivinha. Ambos fomos subestimados, perdemos tudo, inclusive família. – Ele deu um soco em Mateo que o fez desmaiar. Marina estava paralisada de medo, mas ver o mesmo medo estampado nos olhos negros do missionário antes de cair, de alguma forma, foi pior. Navin continuava falando com ela: – Merecemos ser recompensados, mas nada vem fácil e, às vezes, precisamos fazer sacrifícios para sermos respeitados. Entende?

Navin virou o rosto para olhar para ela.

– Não, eu não entendo. Não quero ter dinheiro ou poder para compensar quem já perdi. Quero ter poder para proteger quem eu amo e está ao meu lado!

Ele suspirou, como se já soubesse qual seria a resposta.

– Então, feche os olhos. Não quero que veja o que vou fazer.

Ele ergueu o punhal para cravar no peito do Mateo, que ainda estava inconsciente.

Os sentimentos e pensamentos, antes obscuros e confusos, se esvaíram em milésimos de segundo. A adrenalina passava pelas veias de Marina, seu corpo estava fervendo em fúria e medo. Alguém iria morrer ali, só ela decidiria quem. Pôs a mão na bainha, sacando a espada de jade, com a qual ainda não se acostumara. Naquele momento, contudo, ela pareceu uma extensão do seu próprio braço. Segurou com tanta força que, se fosse qualquer outro material, o punho seria estraçalhado.

— NÃO TOQUE NELE! — gritou ao saltar por trás de Navin, cravando a lâmina nas suas costas enquanto gritava com todo o ar que tinha nos pulmões.

— Finalmente... — Navin disse com a boca cheia de sangue. — Usou o presente que te dei... — murmurou e abaixou a cabeça, já sem vida.

Quando Mateo acordou e viu a cena, ficou horrorizado e recuou até a parede. Foi quando viu que Marina estava chorando. As lágrimas cobriam todo o seu rosto enquanto se agarrava ao cabo da espada. Ela soluçava, mas não conseguia sair de cima de Navin. Não parecia real.

— Marina...

Ela ouviu Mateo a chamando, mas havia começado a enxergar embaçado. Não demorou até que o corpo ficou mole e tombou no chão, sem consciência.

Acordou no quarto e, quando abriu os olhos, pensou ter sido um sonho. Mas a sua espada, com sangue seco, que estava apoiada no canto da parede, lembrou-a de que o pesadelo era real. Quando saiu pela porta, percebeu que não tinha passado mais que algumas horas, já que o sol ainda não tinha se posto. O motim tinha acabado e os outros homens estavam amarrados no convés, com o corpo do líder deles posto a um lado, morto por ela.

Não entendia por que a Sereia Negra não os tinha matado ainda, até que Mateo a pegou pela mão e a levou para a cabine da capitã. Ela estava deitada, com talas na barriga e o rosto pálido.

— Se aproxime. — Sua voz era frágil demais, e Marina obedeceu. — Soube que acabou com o motim. Agradeço por isso.

— Senhora, mesmo estando em um momento delicado, preciso corrigi-la. Não foi minha intenção encerrar...

— Você só queria proteger o meu filho. Eu sei, mas encerrou o motim de qualquer forma.

Parecia que o ferimento doía, porque a capitã contraia o corpo, esforçando-se para não se mover demais.

— É melhor eu cuidar disso — Marina disse ao tirar as talas e expor os ferimentos. — O cirurgião fazia parte do motim, duvido que vá ajudar.

— O que está fazendo?! — Mateo estava agoniado pela mãe.

— Só confie em mim e me traga rum.

Ele obedeceu, saindo pela porta. A capitã sorriu.

— Eu queria mesmo um último trago antes de morrer.

— Não fale besteira! — Marina a culpava por ter matado Navin. — Poderia ter evitado tudo isso.

Conseguiu ver que duas balas tinham acertado sua cintura.

— Você não sabe o peso que esse chapéu traz, mas em breve vai saber.

— O quê?

Nesse momento, Mateo chegou com o rum e passou para Marina. Ela pegou um abridor de cartas de cima da mesa e o esterilizou com rum. Ia enfiar na ferida quando Mateo a segurou pelo braço. Ela simplesmente olhou para ele com tamanha autoridade que o fez recuar e soltá-la. Enfiou o instrumento sob a pele da capitã, fazendo-a gritar de dor. Um grito estridente e angustiante, que fez Mateo se encolher.

Marina sentiu a bala e puxou-a para fora com a lâmina, mas ainda faltava outra, e sabia que a capitã não aguentaria a dor.

– Morda isso.

Colocou uma grande quantidade do lençol na boca dela.

Jogou mais rum no ferimento, sabendo que desinfetaria, mas que poderia causar danos já que se misturava um pouco no sangue. Ela enfiou a lâmina no outro ferimento, Sereia Negra arfou ruidosamente. A bala estava muito funda, e Marina acabou abrindo o ferimento um pouco. A capitã se contorcia, mas a mão de Marina permanecia firme. Sentiu a bala, mas não conseguiu puxar com a lâmina.

– Estenda as mãos! – ela gritou para Mateo.

– O quê? – Obedeceu mesmo confuso, e ela jogou rum nas mãos dele.

– Agora enfia a mão aí e pega a bala.

Ele hesitou, mas colocou os dedos ali, junto com a lâmina que ela ainda segurava. Era nojento. Ele tremia com o medo de causar a morte da própria mãe, ao obedecer a uma garota que poderia estar louca por ter acabado de matar um grande amigo. Mesmo hesitante, removeu a bala. Marina pegou talas novas e pôs sobre o ferimento, torcendo para que ela não tivesse uma infecção. Percebeu que a cor voltava ao rosto da Sereia Negra.

– Preciso dormir, me deixem sozinha – a capitã pediu.

Parecia debilitada, mas Marina não se compadeceu.

– Antes quero te pedir um favor.

– Tudo o que quiser, depois de hoje.

– Deixe o destino dos amotinados em minhas mãos.

– É seu – afirmou, sem a mínima resistência. – Agora me deixe descansar – disse, balançando a mão com fraqueza.

Quando saiu do quarto e viu a fileira de homens, percebeu que Javier estava entre eles. Suspirou e foi até lá.

— Eu entendo o que fez e o porquê — sussurrou para ele e depois levantou a voz falando a todos: — Vou deixá-los partir na chalupa com metade dos suprimentos e um quinto do ouro.

A tripulação fiel ficou indignada, mas ela esclareceu que foi autorizada pela capitã. Já os amotinados comemoraram com discreto alívio e felicidade, exceto Javier.

— Já eu não entendo o que *você* fez! — ele cuspiu as palavras em sua cara. Ela podia ver o ódio nos olhos dele. — Você escolheu a vida de um homem soberbo, que nunca saiu de baixo das saias da mãe, em vez de um homem que sempre te protegeu, foi gentil e lutou bravamente pelos direitos de seus amigos. Então não pense, nem por um segundo, que serei grato a você por poupar a minha vida.

Ela sentiu como se uma adaga penetrasse seu coração. Não tinha resposta para o que ele disse, então ficou em silêncio. Eles foram colocados na chalupa com a comida, o ouro e só uma faca para se soltarem das cordas. Todos remaram, porque ainda não havia vento, e ela viu Javier sumir com os demais no horizonte. Sentia que, com ele, ia também uma parte de sua inocência.

Fechou os olhos. *Agora sei qual o meu ensinamento.* Lembrou-se do terceiro, em *A arte da guerra*: "Aquele que conhece o inimigo e a si mesmo lutará cem batalhas sem perder; para aquele que não conhece o inimigo, mas conhece a si mesmo, as chances para a vitória ou derrota serão iguais; aquele que não conhece nem o inimigo e nem a si próprio será derrotado em todas as batalhas".

Estava perdida, mas, pelo menos, sabia disso.

# RAZÃO E SENSIBILIDADE

JANE AUSTEN

Marina fez questão de um velório digno para Navin. Cobriu seu corpo com um pano pardo, evitando olhar o rosto. A culpa era tão palpável que quase conseguia segurá-la entre as mãos. Colocaram-no sobre a prancha, enquanto Mateo dizia algumas palavras.

— Vamos orar para Deus consolar a família e amigos.

Todos abaixaram o rosto.

Era um pouco incômodo fazer o velório do homem que tentou matá-lo, mas sabia que devia amar seus inimigos. Além disso, a família e amigos não tinham culpa. O corpo foi jogado no mar e os poucos que estavam ali se dispersaram. Marina só queria ficar sozinha na cabine, mas Mateo a seguiu.

— Sei que quer me ajudar, mas quero ficar sozinha — dispensou-o.

— Eu entendo — afirmou, mas parecia um tanto ressentido. — Vou ver como a minha mãe está.

Inaiê pode ter parecido à parte de todos esses fatos, mas não estava. Durante o motim, ele estava na cozinha e lutou contra Javier, não porque gostasse da capitã, mas porque sabia que Marina não se oporia à mãe do homem que ela amava. Tudo o que queria era não a decepcionar, mesmo sendo só um amigo.

Foi ele quem prendeu Javier, já que um antigo caçador tinha mais experiência de luta que um cozinheiro, ainda que de um navio pirata. No momento em que o cozinheiro pegou o facão, Inaiê agiu com um reflexo rápido e atirou uma panela na cabeça dele, seguido de uma rasteira, que o derrubou, facilitando sua imobilização.

Quando descobriu que Marina tinha matado o Navin, não soube bem o que fazer. Por isso, não foi ao velório. Estava pensando se deveria consolá-la ou dizer que matar o amigo não era nada demais. Não tinha ideia do que a faria bem. Contudo, resolveu ir até ela ao fim da cerimônia. Era melhor que ela tivesse com quem conversar do que passar por aquilo sozinha. Bateu na porta, hesitante, até que ela atendeu. Estava com o rosto inchado, parecia ter chorado.

— Oi. Eu... — hesitou por um momento — queria saber como está.

— Essa é uma boa pergunta. — Ela deu um sorriso triste. — Entra.

Não era a primeira vez que ele entrava na cabine dela, mas era a primeira vez que fazia isso depois de ter sido rejeitado. Ainda assim, não parecia tão importante dada a situação. Ele se sentou na cadeira, imaginando se na época de onde ela veio havia algo mais confortável ou mais reconfortante de que sentia falta, mas não era hora de saciar sua curiosidade, até porque ainda não conseguia entender sequer o conceito de televisão. *Como uma pessoa pode caber numa caixa minúscula? Ou ainda pior: de que forma uma pessoa pode ver o passado de outra sendo encenado só para passar o tempo? Parece algo inútil que precisaria de esforço demais.*

— Estou um pouco sem jeito depois que a gente conversou — Marina disse, interrompendo os pensamentos dele e fugindo do assunto mais recente e ainda sensível.

— Já disse que não vai fugir da minha lealdade, então fica tranquila. Sei que tem mais com o que se preocupar.

Ela abaixou a cabeça. Era vergonhoso. Não queria falar sobre o que aconteceu. Matar o Navin conseguiu ser a pior memória que tinha, pior do que a morte da irmã, momento que ela pensou que nunca poderia ser sobrepujado.

— Não sei exatamente o que estou sentindo — ela revelou.

Mateo, que retornara ao próprio quarto, conseguia ouvir partes da conversa. *Pensei que ela queria ficar sozinha, mas não deve se aplicar ao parceiro.* Lutou para não prestar atenção à conversa, mas queria muito saber como estava. Então, ficou encostado na porta.

— Sei que sou seu amigo, mas não deveria conversar com o Mateo de uma vez?

Mateo se surpreendeu. *Comigo? Por quê?*

— Com ele? Por quê?

— Você sabe porquê...

*Mas eu não sei! Falem mais claramente!* Ansioso para ouvir o que diriam, apoiou-se ainda mais na porta, que abriu e o fez cair no chão. Os dois se assustaram e Mateo desejou ficar invisível. Não sabia que justificativa dar, então decidiu desviar do assunto. Levantou-se, tentando parecer pomposo e sacudindo a poeira da roupa.

— Pensei que queria ficar sozinha.

— Acha mesmo que me confrontar vai me fazer esquecer que você estava ouvindo atrás da porta?

— É... — Mateo gaguejou.

— É desse garoto que você...

Marina pulou para tapar a boca de Inaiê antes que ele revelasse os sentimentos dela. Vendo esse contato físico, Mateo ficou ainda mais envergonhado, achando que estava atrapalhando.

— Eu não queria interromper... bem, isso.

Inaiê destapou a boca, tirando a mão da amiga.

— Queria o quê, então? — A raiva por Mateo ter o coração de Marina sem merecer só crescia no peito do jovem.

— Queria saber se ela estava bem...

Marina enrubesceu e Mateo também, mas Inaiê revirou os olhos.

— Não aguento isso! Vocês são tão lentos...

Nesse momento, começaram a bater na porta da cabine de Marina com força.

— A capitã precisa vê-la imediatamente! — uma voz bradou do lado de fora. — O pequeno Teach também!

Mateo raramente esquecia o apelido que os homens deram a ele, mas depois de mais de um ano sendo chamado pelo primeiro nome por Inaiê e Marina, demorou alguns segundos para perceber que se tratava dele. Quando percebeu, desesperou-se, acreditando que a mãe tinha piorado. Ao entrarem na cabine, perceberam que era exatamente o que temiam. Marina notou que a ferida infeccionou mesmo com todas as precauções que fizera, com o melhor que tinha disponível ali. A capitã estava pálida e pedia, com a mão, para os dois se aproximarem.

— Marina, vou te pedir um favor... Sei que já te peço muito, mas esse é meu último desejo.

— Mãe... — Os olhos de Mateo se encheram de lágrimas.

— Quero te casar com meu filho *hoje*.

Os dois ficaram perplexos, pensaram em debater, mas abaixaram a cabeça, percebendo que ela falava sério.

— Mãe, a senhora já foi ferida em outras brigas, vai se recuperar.

Marina olhou para ele com pena, porque, pelo estado de Sereia Negra, ela não duraria nem um dia.

— Meu filho... eu te amo. Sei que não digo muito isso, mas agora que não vou estar mais aqui... preciso ter certeza de que vai ser protegido por alguém — falou, com clara dificuldade para respirar.

— Ele não precisa ser o meu marido para que eu possa protegê-lo.

Quando Marina disse isso, Mateo sentiu um calor na alma. Como se fosse confortado por ter esclarecido que não passaria por aquele momento difícil sozinho.

— Sei disso, mas a questão não são vocês, é a tripulação. Claramente... — hesitou, puxando o ar com dificuldade — não respeitam o Mateo, mas o toleravam na minha presença... Por isso, Marina, quero que me substitua... como capitã.

Por mais que soasse como uma honra receber o título, parecia muito mais uma recompensa por ter matado Navin. Era tão errado! Marina se culpava pelo estado de Sereia Negra também. Achava que, com certeza, esterilizara o ferimento de forma errada, o que a fez imaginar que tudo caminhava para ela subir na vida em degraus feitos de cadáveres. Não queria seguir em frente se fosse para abandonar vários mortos atrás de si.

— Mesmo assim, Marina teria que ser votada! A senhora sabe que não é só passar a capitania para ela — Mateo a alertou.

Marina sabia que ele estava certo.

— O único que poderia competir seria o Stuart, mas... você trouxe milhões em ouro para o navio, escapou de uma prisão espanhola e... matou o responsável por um motim — Sereia Negra destacou, fazendo Marina engolir em seco com essa última parte. Então, continuou: — Irão votar em você. Entendo que talvez legalize a tripulação... transformando o navio em mercante. Sempre foi o sonho do Mateo... agora tem ouro suficiente para isso, mas, ainda assim, preciso que case com ele, menina. Só vão respeitá-lo se tiverem laços de família. Mateo é o último Teach, mesmo que a tripulação goste dele, todos fora desse navio irão caçá-lo feito um animal... Você é feroz, Marina, sei que vai ser temida.

— Preferia apenas ser respeitada.

Sereia Negra começou a rir, mas teve falta de ar e parou de falar por um tempo para respirar. Mateo pôs um pouco de água na boca dela, ajudando-a a se recuperar.

— Pega o meu chapéu — pediu ao filho.

Mateo entregou o largo chapéu de capitã à mãe.

Sereia sorriu, mas os outros dois reagiram com um suspiro triste.

— Eu, Brigitte Teach, unirei agora, como... capitã do Vingança da Rainha Ana... esse casal em matrimônio.

Mateo ficou surpreso. Marina também, mas por não ter ideia de que o nome dela era Brigitte.

— Você, Mateo Teach, aceita essa mulher em casamento?

— Sim — ele respondeu sem ânimo, abaixando a cabeça.

Faria o que a mãe desejava.

— Você, Marina... qual seu sobrenome?

— Não tenho. Meu pai não me registrou, na verdade. Marina também não é meu nome exatamente... mas deixe para lá.

— Então, Marina, aceita esse homem em casamento?

— Sim.

Não havia outra resposta naquele momento.

De todas as formas que imaginou que se casaria, essa, com certeza, não tinha sido uma possibilidade. Depois de ver filmes *água com açúcar* e aqueles livros bem fofos de casais épicos, sonhava com flores, vestido branco e a irmã a levando para o altar. Casamento por conveniência era algo que nem imaginava. Achava, inclusive, que se estivesse no lugar de protagonistas que passavam por uma situação como essa, daria um jeito de fugir. Entretanto, Marina sabia que a situação deles não era por algo tão fútil quanto *status*, mas, sim, um ato de segurança, por uma pessoa que ela amava. *Ainda assim, depois de tudo o que fiz e passei, estar ao lado dele não vai fechar minhas feridas.* Sentiu-se como naquele trecho de *Razão e Sensibilidade*: "Apesar de atraente, a ideia de nossa felicidade depender de outra pessoa nem sempre é possível".

A capitã removeu o chapéu, o beijou e estendeu com dificuldade para Marina.

— Coloque — ordenou. Marina pôs o chapéu de capitã e o encaixou perfeitamente. — Ficou bom em você. — Ela sorriu fracamente. — Marina... digo, filha... pode me deixar a sós com meu menino?

Marina assentiu com a cabeça e saiu da cabine. O chapéu pesava na cabeça, não fisicamente, mas, ainda assim, parecia carga demais para suportar. Ao voltar para a cabine, Inaiê ainda estava lá.

— A capitã está bem? — questionou de olhos arregalados, vendo, com surpresa, que agora era ela quem usava o chapéu.

— Ela... me casou com o Mateo. — Percebeu o quanto aquilo era estranho e importante depois de falar.

— O quê?!

O amigo quase perdera a cor das faces.

Marina explicou o que tinha acontecido na cabine, e Inaiê se acalmou, mas ainda estava decepcionado.

— Bom... É só para protegê-lo, é só não... consumar.

Os dois ficaram ruborizados e Marina nem tinha pensando nisso. Ficou difícil conversar sobre qualquer assunto, então

Inaiê achou melhor deixá-la sozinha para digerir o que tinha acontecido.

Mateo virou a noite ao lado da cama da mãe. Quando acordou, ela já tinha morrido. O grito dele foi ouvido por todo o navio. Os homens compreenderam o que tinha acontecido e tiraram os chapéus e badanas em respeito e homenagem. A tristeza cobriu o Vingança da Rainha Ana. Marina fechou os olhos com força: mais uma morte na consciência dela e, ainda por cima, era a mãe do Mateo.

*De que adianta remoer? Já passou. Siga em frente como sempre fez.* Mas era difícil afastar da memória a culpa. Precisava deixar para lá se quisesse continuar passando a imagem de otimista e confiante. *Sou líder agora, preciso agir como tal.*

O velório foi mais sombrio do que o de Navin, e toda a tripulação se reuniu no convés. Mateo mal conseguiu falar de tanto que chorava. Então, foi apenas um longo silêncio respeitoso. O corpo dela tinha sido envolvido com seda e escorregou suavemente pela prancha. *Mesmo no fim, ela parece uma sereia.*

Mateo parou de chorar, segurou a mão de Marina com força e sussurrou no seu ouvido:

– Ela me disse, pouco antes de morrer, que a Emma está viva.

– Quem é Emma?

– A minha irmã.

# A ILHA DO TESOURO

## ROBERT LOUIS STEVENSON

— Não acredito que ela mentiu para mim todos esses anos.

Mateo passava a mão no rosto depois de se sentar na própria cama.

Marina reparou que o quarto dele tinha uma parede inteira de vidro com vista para o mar. A capitã tinha uma parede igual. Deveria ser a mesma, dividida em dois quartos, era enorme e inclinada. Ela tinha achado melhor irem para a cabine dele para discutir o assunto com mais privacidade, mas agora não sabia muito bem o que dizer.

— Como ela sumiu no mar e, ainda mais, no meio da noite?

— Ela pegou a chalupa e fugiu. Meu pai comprou outra depois, mas acho que não me disseram isso com medo de que fosse embora também. Eu só tinha dez anos. No que estavam pensando?

— Eu sinto muito. Sei que não é o mesmo, mas, se isso te conforta, faz tempo que não consigo dormir com tantos fantasmas nas minhas costas.

— Não devia ter feito.

— O quê?

— Me salvado. Sinto que era para ter acontecido.

— Você só está dizendo isso porque sua mãe acabou de morrer.

— Não. Fui um peso para você. Não era para ter matado alguém. Se eu fosse mais forte, você não teria que lidar com isso.

— Para com isso! Você já está tendo que lidar com muita dor, não traga mais um peso para suas costas.

Naquele momento, Mateo não pensou direito no que ia falar, só surgiu uma raiva de si mesmo, de não ter feito nada para salvar a mãe, nem ter impedido Marina de matar alguém. Sentiu-se tão inútil que a vontade enorme de gritar lhe rasgou o peito:

— Eu preferia morrer a manchar suas mãos de sangue!

— JÁ CHEGA! — Marina gritou ainda mais alto, antes de retomar o tom de voz mais tranquilo. — Ele morreu e você está vivo. Não tenho uma máquina do tempo. Não mais. E não sou de ferro. — Ela se encostou à parede, pensava estar desabando. — Todos nesse navio acham que posso suportar qualquer sofrimento, que se levar um tiro, vou seguir em frente me arrastando... e eu vou, mas toda vez que você abre a boca para reclamar sobre ter salvado a sua vida... acaba me esfarelando por dentro. Então cala a droga da sua boca! — Sentou-se no chão, os olhos cheios de lágrimas. — Porque "se quer tanto se matar, por que eu não ponho uma bala na sua cabeça logo". — Ela encarou os olhos petrificados dele antes de continuar: — Palavras suas, não minhas.

Mateo foi até ela, abaixou-se e a abraçou.

— Obrigado por ter salvado minha vida — disse no ouvido dela. — Obrigado por ter sacrificado tanto só para me salvar. — Mateo a apertou mais quando ela começou a chorar. — Sou falho, pecador e soberbo, mas sou grato a você... e a Deus por ter te colocado na minha vida.

Ela podia chorar e estava tudo bem. Era um alívio tão grande, poder desabar, ficar vulnerável, um pouquinho que fosse. Estava triste, claro, ainda assim, sentiu-se um pouco feliz por não precisar ser forte sempre.

Marina ficou como capitã temporária até encontrarem o segundo navio da frota, comandado pelo Stuart. Como o outro navio ainda não sabia da morte da Sereia Negra, eles mantiveram o itinerário e deveriam se encontrar em Nassau dentro de um mês.

Marina evitou Mateo por uma semana após ter chorado na frente dele. *Não queria que ninguém visse meu lado mais sensível. Agora está um pouco estranho para conversarmos, mesmo agindo normalmente, ainda é desconfortável.*

– Ei... Tudo certo?

Ela desceu até o hangar dos canhões. Inaiê gostava de matar o tempo ali.

– Já é a quinta vez que vem aqui hoje, então me diz você. Como está?

– Tentando evitar meu *marido*.

– Ele fez algo... *propriado*? – ele franziu os olhos, testando a palavra.

– Inapropriado? – Ela o corrigiu.

– Isso! Não conheço todas as palavras ainda... mas ele foi?

– Não. Na verdade, tem sido até muito bom, só é complicado. Não quero que ele pense que temos que ter mais intimidade por causa desse casamento arranjado.

– Esquece isso. Esquece ele. Deveria ter atenção no que vai fazer como capitã.

– Já planejei tudo. Quer saber o meu plano, caso vença a votação? – Quando ele assentiu, Marina continuou: – Primeiro, vou pedir o perdão real para a Inglaterra e deixar-nos dentro da lei. Depois, vou nos transformar em um navio mercante. Voltaremos à Colômbia e vamos resgatar os quinze bilhões restantes daquele tesouro e comprar uma frota de navios. Por fim, iremos nos tornar uma cooperativa mercantil.

— Quer um conselho? Não peça o perdão real. Eu não tenho um bom motivo, só não parece certo. Pelo que você me contou, eles não destruíram nosso país, mas fizeram isso com outros povos.

— Piratas assassinos... ou mercadores de um país colonizador? Realmente parece que não estou em uma época onde exista lado certo — ponderou, pensando no capitão Flint e nas escolhas que fez em *A Ilha do Tesouro*.

*Tanto ouro e nenhum amigo...*

— Então, crie um.

— Um o quê?

— Um lado. Um que esteja certo, que seja honrado e não precise matar ninguém nem pisar no que é dos outros.

— Parece interessante. Não tinha pensado nisso. Acha que daria certo?

— O impressionante é você já não ter criado algo parecido. Você conseguiu fazer a Sereia parar de saquear por um tempo, lhe deu tanto dinheiro que ela poderia ter se aposentado. Você é uma líder, sabe o que acontece no futuro e pode fazer várias criações da sua época acontecerem agora.

— Já tentei algo parecido. Não é fácil.

— Nunca te vi fazendo algo que não fosse difícil.

— Bom argumento.

— Agora sobe no convés, vai para a sua cabine e, se o Mateo quiser conversar, fale com ele. Ele é um bom homem e deve ser um bom amigo. Mas lembra do que é importante nesse navio. Uma dica: não é o seu casamento.

— Pode deixar.

Marina realmente fez isso. Subiu todos os hangares até chegar ao convés. Estava frio e, mesmo usando um casaco pesado, os pelos dos braços se arrepiaram, por isso, entrou na cabine. Às vezes, sentia saudades do calor do Brasil. Quando abriu a porta logo viu, em cima da mesa, o tabuleiro de Go! que Navin tinha comprado. Instintivamente, olhou para o outro lado do quarto e encarou de novo a espada de jade. Mesmo a tendo guardado na bainha, sabia que ainda tinha sangue seco na lâmina. Ainda estava arrepiada, mas agora não era mais por causa do frio.

Deitou-se na cama, evitando olhar para o resto do quarto e focou no teto. *O Inaiê pode ter razão, eu poderia criar um ambiente incrível aqui. Posso até construir uma privada de verdade na prisão. Mas não acho que vamos ter mais prisioneiros. Vamos ver: mar, navio... "Os carros são como as lanchas e as motos são como os jet-skis..."* Interrompeu-se, rindo da lembrança idiota das campanhas de televisão. *Tenha foco Marina, vamos lá... Lanchas não são má ideia. Um barco a motor teria evitado que ficássemos presos, sem vento ou previsão para atracar. Além de evitar o motim por causa do racionamento de comida. Se tivesse pensado nisso antes...* Marina olhou para o tabuleiro novamente.

Decidiu consertar o *taser* enquanto pensava. Não demorou muito para reconstruir a arma. Após um tempo tentando decidir as invenções que poderiam ajudá-la, acabou dormindo. Puxou a coberta de veludo até que os pés ficassem expostos, mas acordou no meio da noite com um barulho. Demorou alguns segundos para perceber que não havia sido a explosão que levara a irmã, nem que tinha sangue do Navin nas mãos. Parecia que algo havia caído no lado de fora do quarto. Quando se levantou, os pés estavam dormentes por causa do frio, e deu uns pulinhos para aquecer. Pegou o *taser*, abriu a porta e viu que uma gaivota batera a cabeça bem na parede da cabine e desmaiado no convés. Não contava que Mateo também iria conferir o barulho. Ele estava com o cabelo solto e bagunçado, com uma camisa fina e um calção, o que não fazia muito sentido com o frio que fazia naquela noite.

— Não acredito! Mais uma gaivota... — disse, bem atrás dela. — Vamos voltar a dormir.

— Espera, Mateo...

— Sim?

— Nada. — Hesitou, reconsiderando seu impulso. — Vamos dormir. — Ficou com vergonha de estar tão à vontade com ele.

Os dois retornaram para suas respectivas camas, cada um em sua cabine. Mateo cruzou os braços na nuca, olhando para o teto enquanto sorria, com sentimentos confusos. *Ela é linda até quando acorda no meio da noite. Quem diria que eu teria que conquistar a garota que já é minha esposa.* Fechou o semblante, lembrando-se da irmã. *Primeiro preciso resolver isso.* Tentava não guardar rancor da mãe, afinal, ela tinha cuidado bem dele e já havia partido, mas aquela mentira foi dolorosa demais. Dois dias se passaram até que tomou coragem para o que precisava fazer.

— Marina, queria te pedir um favor. Eu nem queria falar nada, porque você já faz tanto...

Ele se sentou ao lado dela no hangar das refeições.

— Desembucha.

— Independentemente do que aconteça nas votações ou do rumo que vá decidir para a tripulação, queria que me ajudasse a encontrar a minha irmã.

— Não era necessário me pedir isso. Estava meio óbvio, só não tinha certeza de que você desejava procurá-la ou se saberia por onde começar.

— Você me surpreende. Obrigado! — O sorriso leve no canto dos lábios. — Aliás, ela é cinco anos mais velha que eu, deve estar com uns vinte e dois anos, tem um cabelo preto e cacheado como o meu e uma tatuagem em forma de vento na palma da mão. Assim... — Ele mostrou para ela um desenho feito num pedaço gasto de papel. — Acho que não estaria tão diferente do que me lembro.

Depois disso, o clima ficou mais tranquilo. Marina guardou a imagem de Emma na memória, enquanto ele se retirava para o quarto. Passada uma semana, decidiram voltar à normalidade dos treinos de luta.

— É melhor usar a espada. — Havia seriedade na voz do Mateo, ainda que essa frase parecesse uma piada de mau gosto para Marina.

Ela não queria entrar numa discussão onde acabaria se expondo, então só acenou com a cabeça. Ao empunhar a espada, contudo, começou a ter sentimentos confusos. Primeiro, suas mãos começaram a tremer, porém firmou o pulso ao pensar que, mesmo sendo um treino, no futuro, não poderia vacilar. A lâmina ficou turva, e ela notou que, na verdade, era a própria visão que embaçara. A raiva cresceu no peito e passou para os braços. As veias saltaram das mãos e, percebendo que iria perder o controle, cravou a espada no chão para não ferir o Mateo.

Ela pulou, usando o punho da espada como apoio e saltou pelo ar, desabando em cima dele. Ao perceber que ela não estava em si, ele tentou se desvencilhar, mas Marina fechou os punhos e começou a socá-lo repetidamente. Era como se ele parecesse com todas as frustrações dela. Bateu da forma que bateria no pai ou até em si mesma, por se achar parecida com ele. Só percebeu o que estava fazendo quando ele conseguiu bloquear um de seus braços.

Marina percebeu que o rosto do Mateo estava sagrando e começou a chorar. Ele não queria que ela ficasse exposta, então a levou rapidamente para a cabine, antes que a tripulação visse aquela cena.

— Ei, não segura as lágrimas, sei que deve ter prendido tudo aí dentro. — Apontou para o coração dela. — Põe para fora.

Ela continuou chorando, nem lembrava o porquê. Era um misto de tudo que deu errado na vida, o que, para ela, foram quase todos os momentos até então. Soluçava enquanto Mateo passava as mãos nas costas dela. Quando parou, ele finalmente perguntou:

— Quer desabafar alguma tristeza?

— Eu acabei de fazer isso — afirmou ela, referindo-se às lágrimas. Depois de um tempo, perguntou repentinamente: — Não tem como apagar o passado?

— Você pode se arrepender e seguir em frente, mas não apaga o que fez. O passado é como uma casa cheia de escolhas. Você pode queimá-la e conviver com as cinzas, ou viver como a minha mãe, que manteve a casa intacta e repleta de remorsos. As cinzas são mais fáceis de carregar e te lembram dos erros que não deve repetir. Posso orar por você?

Era a forma que ele tinha de ajudar um pouco. Não era do tipo que dava bons conselhos. Então, Marina permitiu, limpando o catarro do rosto.

Ele fechou os olhos, e ela o imitou. Seguraram as mãos.

— Senhor Deus dos Exércitos, clamo que dê conforto ao coração de Marina e remova todo espírito de raiva, ira e desespero, qualquer espírito de confusão, culpa e remorso, todo mal que a tem afligido e provocado tristeza ou mágoa. Porque, Senhor, está na Tua Palavra que deveriam ir a Ti os que estavam cansados e sobrecarregados! É exatamente como estamos *agora*. Se quisesse santos não nos faria *humanos*. — Marina ficou impressionada com a ousadia com que Mateo falava com Deus, mas não o interrompeu, e ele continuou: — Por isso nascemos pecadores, mas pedimos, não por merecermos, mas pela Tua misericórdia diante de nós: liberte-a de tudo que a aflige em nome de Jesus!

Ela abriu os olhos segundos depois se sentindo calma e até leve. Sorriu para ele, suspirando de alívio. Mateo deixou cair os ombros. Para ele, acabou sendo um pouco recompensador, ajudara Marina da forma que não pôde fazer com a mãe.

O sorriso dele era uma luz naquele rosto ensanguentado. Marina não aguentou e o abraçou.

— Obrigada.

— É o mínimo depois de tudo.

Era bom ter alguém com quem contar. Claro que ela também tinha o Inaiê, mas, ainda assim, tinha revelado para o Mateo um lado que não permitia que ninguém visse. Contudo, contou toda a história para o amigo de cela alguns dias depois.

— Orar tem sido terapêutico. Sei lá... Quando falo do que me incomoda em voz alta, percebo claramente o que preciso combater ou melhorar, mas pode ser que eu esteja falando besteira. Afinal, o que sei de psicologia veio do *Casos de Família*.

— Isso que falou é televisão? — Inaiê perguntou, sentando-se em um canhão.

— Sim. Está ficando bom nisso.

— Você tem medo da morte? Sabe, depois de tudo o que aconteceu?

— Quando fui presa, eu tive, mas normalmente não. Aliás, também queria saber: você tem algum medo?

— Cobras — ele respondeu, rápido e relutante ao mesmo tempo.

Marina riu um pouco, esperava um medo mais filosófico e sentimental.

— E você?

Ele preferiu ignorar as risadas.

— Ainda não sei. Não vi quase nada para saber o que realmente me assusta. — Coçou o queixo. A maioria dos medos envolviam sentimentos e outras pessoas, não dava para definir em uma palavra só. — Te falo quando souber.

Marina interrompeu logo a conversa e foi para o quarto, sua cólica estava horrível. *Às vezes, ser mulher é uma droga.* Deitou-se na cama em posição fetal e, quando a dor ficou insuportável, soltou alguns gemidos.

– Oi. – Mateo abriu a porta. – Cólica, não é?

– Como sabe?

– Minha mãe só confiava em mim quando estava na lua de sangue.

– Cala a boca, eu só quero ficar sozinha... – murmurou, mas se arrependeu ao vê-lo saindo.

Ele demorou alguns minutos e voltou com uma toalha.

– Sobe um pouco a camisa.

– Como é que é, seu pervertido?

– É uma toalha quente. Alivia a dor. Agora, levanta um pouco a camisa.

Ela ergueu o tecido, ainda hesitante, e ele colocou a toalha quente ali. Depois de alguns segundos, Marina suspirou com alívio.

– Obrigada. Desculpa te chamar de pervertido.

– Tudo bem. Você é minha esposa, não é? – Não conseguiu dizer isso sem sorrir. – Devo cuidar de você. Além do mais, minha mãe também se irritava muito nesses dias.

– Mais que o normal?

Os dois riram até que o silêncio chegou para lembrar a morte dela.

– Como se sente?

– Eu que deveria te perguntar isso. Quer outra toalha?

– Não. Eu quis dizer por sua mãe.

– Ah. – Ele puxou uma cadeira e se sentou do lado da cama. – Devo ser o único com saudades dela. Ela era violenta em quase tudo, mas não posso dizer que não foi uma boa mãe. Quando Emma e eu éramos pequenos, ela contava histórias, contos de *As mil e uma noites*, sempre com desertos e aventuras. Eu achava estranho, porque nunca fomos a um deserto e ela nunca contava sobre piratas... – Ele congelou por um segundo. – É isso! Eu sei onde ela pode estar! – Estalou os dedos, mas desanimou rápido. – É grande demais...

– Pode falar como se quisesse mesmo me explicar, por favor?

– Talvez esteja em algum lugar do deserto. Duvido que Emma ficaria muito tempo em um porto. Logo meus pais a encontrariam. E, na época, não conhecíamos muito lugares. Pode não ser nada, mas é uma pista.

Vendo os olhos de Mateo brilhando de animação e aquele sorriso esperançoso, Marina percebeu que não poderia arrancar isso dele.

– Com certeza é uma pista.

Ele deu *soquinhos* discretos no ar em comemoração. Ela teve certa inveja dele. Mesmo sendo quase impossível encontrar Emma, Marina também gostaria de ter certeza de que Mônica estivesse viva. Ela também percebeu que, para Mateo, ganhar a irmã de volta talvez trouxesse um pouco de conforto pela morte da mãe. Era provável que Brigitte Teach – esse nome ainda lhe parecia estranho – tenha pensado justamente nisso. Ela era uma boa mãe, afinal.

O restante do trajeto até Nassau passou rápido, e, com ele, toda a insegurança de Marina. Estava mais confiante, sentia-se líder e começou a ter mais postura. Aprendeu o nome de cada membro da tripulação.

– Williams! Pedi para o Inaiê preparar uma torta de peixe para você! – ela gritou, quando ele subiu nas cordas.

Era branco, alto e tão magro que poderia servir de vela.

— Ahoy, capitã! Como sabia que eu adoro torta?

— O Jafari me contou. Afinal, é seu aniversário. Aproveite!

Foi bom ter feito amizade com Jafari. Era um núbio negro rechonchudo que carregava sempre um sorriso tímido no rosto. Também era o carpinteiro do navio, e ela conseguiu que ele reforçasse partes do convés. Assim, não teriam danos caso fossem atacados por canhões. Estava aliviada por finalmente avistar o porto de Nassau.

Notou que o navio do Stuart também estava no porto e logo se encontraram na praia, onde ele e a tripulação tinham montado um acampamento. Marina preferiu ficar cercada pelo Inaiê e outros homens para evitar o que tinha acontecido da última vez que esteve ali.

— Capitão Stuart, precisamos conversar.

— Onde está a senhora Teach?

— Morta.

Ele tirou o chapéu e se sentou em uma cadeira embaixo da tenda.

— E o Navin?

— Morto. Ele liderou um motim contra ela.

Ele sorriu desacreditado.

— Como vou saber que é verdade? Você poderia ter liderado um motim e assassinado os dois.

Marina franziu a testa.

— Você me superestima. Acha mesmo que eu teria poder suficiente? Só tenho quinze anos.

— Mas está usando o chapéu de capitã, mesmo nessa idade, e a sua recompensa cresceu muito desde que fugiu da prisão espanhola. Francamente não te acho capaz de tais feitos, mas você insiste em surpreender.

— Eu juro pela minha honra que não liderei o motim. Acabei com ele, inclusive, matando o Navin.

Os homens que estavam em volta riram.

— Que honra um pirata poderia ter? — Stuart questionou.

Ele se entretinha com a conversa, achava a garota estranha e muito diferente da senhora Teach.

— Ela diz a verdade — Mateo se pronunciou, chegando de longe. — Minha *esposa* diz a verdade — rosnou.

A expressão de Stuart mudou, e ele fez uma leve reverência com a cabeça. Era um dos que respeitava o sangue Teach acima de tudo.

— Não imaginava que era uma Teach. Perdão, senhora.

Marina não se sentia nem um pouco aliviada. Na verdade, estava ofendida por só acreditar nela através da palavra de um homem. Ele só passou a respeitá-la quando soube que estava casada e isso era frustrante.

— Obrigada, Mateo. Agora me deixem a sós com o Stuart.

Todos obedeceram, afastando-se da tenda. Ela se sentou na cadeira em frente e tirou o chapéu de capitã.

— Sei que só ouviu o Mateo porque sabe que eu não mataria minha própria sogra.

— Está enganada, até porque eu matei a minha.

*Eita! Calma, Marina. Esquece isso e foca no que veio fazer.*

— Na verdade — Stuart continuou —, acreditei nele porque duvido que iria se aliar à assassina da mãe. Aquele garoto é meio frouxo.

*Ignora, Marina. Lembre-se da proposta.*

— Eu vim até aqui propor o seguinte: quero tornar o navio mercantil, mas sem o perdão da Inglaterra.

— Não faz sentido.

— Me deixe continuar. — Marina respirou, mantendo a paciência. — Para todos aqueles que não quiserem se unir a mim darei três quartos dos espólios em ouro. Assim, os que não querem se tornar mercadores, podem se aposentar e voltar para suas famílias ou construir uma. Os que ficarem comigo terão parte no tesouro que restar. Usaremos o ouro para comprar as mercadorias e ajudar a melhorar as negociações com outras ilhas.

Stuart riu, como se ela estivesse tendo alucinações depois de beber água do mar.

— Não acha que está sendo muito gananciosa?

— Na verdade, não.

— Isso me lembra uma história. Conhece Ícaro?

— Não imaginei que entendesse de mitologia grega.

— Piratas não são burros! — afirmou, ofendido. — Além disso, fui almirante pela Inglaterra, mas isso não é problema seu. Enfim, como eu dizia, Ícaro foi ambicioso demais, tentou alcançar o sol e acabou pegando fogo. Entende agora aonde pode chegar?

Marina cruzou os braços e sorriu, inclinando o corpo para frente.

— Quem não entendeu foi você. Não sou o Ícaro, eu sou a porcaria do sol! Então, é melhor manter distância se não for aceitar a minha proposta.

Stuart franziu a testa.

— Querida, sol, vamos ver o que as tripulações acham disso. Deixe que eles votem.

Marina sabia o poder que a tripulação tinha. Eles poderiam tirar ou colocar um capitão no comando. Poderiam condenar um homem à morte, dependendo do que ele tenha feito no navio. O futuro dela estava nas mãos daqueles piratas.

# O GRANDE GATSBY

## F. SCOTT FITZGERALD

Depois de votar, Inaiê não quis saber do resultado e partiu sozinho para uma taberna. Ele iria seguir Marina de qualquer forma. Ainda assim, estava meio para baixo depois que ela se casou com aquele missionário. *Por que ela gosta dele, afinal? Eu sou bem mais forte, gentil e um caçador muito melhor. Talvez ele seja mais humilde.* Suspirou, solitário. De onde veio aquela frustração? Era comum que houvesse recusa de união na aldeia. Se alguém não te queria, era comum seguir em frente e encontrar uma nova pretendente.

Chegando à taberna, pensou que todos olhariam para ele, mas depois de tanto tempo como pirata, misturou-se com os outros homens. Ele se sentou em uma cadeira do bar e pediu uma sopa de beterraba. Uma mulher se sentou ao seu lado, usava roupas parecidas com as dele e tinha cabelos ruivos. Achou que se investisse nela, seguiria em frente.

Apoiou o braço na mesa, virou a cabeça e deu o melhor sorriso que conseguiu.

— Sabia que eu gosto de ruivas?

A taberna ficou em silêncio, alguns homens se levantaram, mas ela fez sinal para se sentarem. A mulher deu outro gole na caneca e a colocou de volta na mesa.

— Sabe quem sou?

— Não, mas poderíamos nos conhecer melhor.

Um dos homens assobiou.

— Querida! Já termin... — Um homem magro e usando roupas gastas entrou na taberna, mas ficou em silêncio quando viu Inaiê perto da sua esposa. Observou rapidamente a situação e compreendeu. Então, concluiu, sorrindo: — Não precisa matar o garoto, está claro que ele não te conhece.

— Na verdade, foi até divertido. — Ela sorriu. — Garoto, meu nome é Anne Bony. Aquele na porta é meu marido, Calico Jack.

— Me perdoe — Inaiê se desculpou, constrangido. Então, estalou os dedos, compreendendo: — Calico por causa da roupa, não é?

Todos da taberna riram, aquela piada era bem velha em Nassau. Todos escarneciam do John Jack Rackham por conta das roupas.

— Já teve sorte hoje, pirralho. Não abuse. — Anne sacou a pistola.

— Calma, querida. — Jack pôs a mão no ombro dela. Olhando para Inaiê, alertou-o: — Considere isso um aviso, jovem.

Os dois saíram.

*Como é possível que eu nunca tenha sorte? Pelo menos o homem parecia legal, senão eu acabaria com mais um buraco no peito.*

Contudo, antes que pudesse processar o que tinha acontecido, sentiu uma pancada na nuca, perdendo os sentidos. Quando acordou, estava pendurado de ponta-cabeça. Olhou para os lados, viu algumas cabras e palha. Estava em uma estrebaria meio escura e vazia. Notou que estava descalço e só de ceroulas. As mãos quase tocavam o chão e as sentiu molhadas. Imaginou que fosse baba de cabra. *Por que fui tentar a sorte com aquela mulher?*

— Vai ficar um bom tempo pendurado, índio. — A voz veio de um homem fumando na porta da estrebaria.

Só agora conseguia ver sua silhueta.

— Vem aqui e você vai ver quem vai ficar pendurado.

Balançou-se com raiva, mas bateu a cabeça na parede próxima ao chacoalhar desengonçado no ar.

O homem riu e se aproximou. Inaiê o reconheceu, era alguém da tripulação do Stuart, tinha visto aquela cara larga na praia durante a votação. *Mas por que ele iria me sequestrar? Marina tinha perdido e todos com ela foram feridos?* Ele começou a entrar em pânico. O homem se aproximou e o agarrou pelo cabelo.

— Não seria irônico se te fizesse um escalpo?

Inaiê cuspiu nele.

— Eu sou tupi, seu imbecil! — gritou, recebendo como resposta um soco no estômago, que o deixou sem ar.

Eles ouviram um barulho vindo da porta. Inaiê torceu para ser ajuda, mas era um colega do idiota fumante. Quando os dois começaram a conversar, ele tentou desatar as cordas, mas o nó estava muito apertado. Os imbecis tiraram as botas e se sentaram na palha. Agora, estavam fumando e conversavam sobre o que fariam com o saque. Começou a chover e Inaiê acabou perdendo os sentidos por um tempo. Despertou com um estrondo, era Marina arrombando a porta. Ele nunca esteve tão aliviado por vê-la.

Os dois homens se levantaram da palha, já sacando as pistolas. Por um milagre, Marina escapou dos tiros. Ela pegou aquela arma de raios e gritou:

— Levante as mãos!

Por algum motivo, Inaiê logo viu que ela estava falando com ele e não com os homens e obedeceu, encolhendo-se distante do piso sujo. Marina encostou a arma na água, que agora encharcava o chão por causa da chuva, e os homens, que estavam descalços, começaram a se debater até caírem inconscientes. Eles não paravam de tremer. Marina foi até o Inaiê e desatou a corda.

— Você não pode encostar no chão — avisou, enquanto desfazia o nó.

— O que sugere?

Ela não respondeu, só o colocou nas costas e começou a andar até saírem da estrebaria. Ele se sentiu envergonhado, não por Marina tê-lo salvado, mas porque ele estava tão fraco e magro que ela conseguia carregá-lo. Ela lhe deu o sobretudo para que se cobrisse.

— O que aconteceu? — ele perguntou quando estavam indo em direção à praia.

— Eu ganhei a votação. Quase todos quiseram se aposentar com a parte do ouro que receberam ou entraram para nosso negócio mercantil.

— Então, o que deu errado?

— Stuart acabou ficando sem tripulação. Três homens se juntaram a ele dizendo que tínhamos desonrado o código pirata e prometeram vingança. Quando te sequestraram, me avisaram que te matariam se não desse o ouro.

— Está claro que não deu nada e preferiu me resgatar.

— Eu dei o ouro, por isso está vivo. Realmente não te mataram, mas decidiram manter você. *Dobrá-lo* para que se juntasse à nova tripulação.

— Você gastou todo o espólio só comigo?! — ele gritou, abismado com aquilo.

— Você vale muito mais, primeiro imediato.

Deu-lhe um sorriso de canto.

Eles chegaram à praia e foram aplaudidos pelo que restou da tripulação, sem o ouro para o novo investimento, muitos desistiram. Inaiê pensava que mesmo tendo se tornado um peso para Marina, ela o recompensou com o posto de primeiro imediato. Era muito para digerir, estava feliz e frustrado ao mesmo tempo.

Jantaram porco assado no acampamento. Só havia dezoito pessoas comendo, eram necessários vinte marinheiros para que pudessem zarpar. Inaiê percebeu, ao ver Marina comendo ferozmente o porco assado, que nunca ficaria sozinho, até mesmo se ele tentasse. Sorriu por ter uma amiga que achava que ele valia mais do que uma tonelada em ouro.

Nos dias seguintes, alguns homens se alistaram para o navio, e eles partiram com o mínimo possível em termos de tripulação. Marina tentaria negociar parcerias com as outras ilhas próximas. Depois de rever algumas contas, Mateo ficou preocupado por não terem sequer um valor inicial.

— Poderíamos saquear um navio — Inaiê propôs. — Seria uma última vez.

— Isso não é uma possibilidade — Mateo se impôs.

Isso provocou um burburinho entre a tripulação. Enquanto isso, Marina observava o mar com uma luneta de cima do convés superior.

— Um navio! — ela gritou.

— O que faremos? — Willians perguntou.

— Devíamos fugir — Mateo sugeriu.

— Acho que podemos lutar. — Inaiê ainda tinha esperança no saque.

Marina olhou o navio de novo e o semblante dela mudou. Os olhos estavam frios e indignados. Parecia que tinha acabado de receber uma ofensa pessoal.

— Ergam a bandeira preta — grunhiu. — Vamos saquear!

Mateo subiu as escadas afoito, enquanto os outros homens obedeciam.

— Pare com isso! Você não é assim.

Marina o ignorou completamente, buscando sua espada e *taser*. Inaiê gostou de ver aquela cena. *Esse missionário sempre se acha o dono da razão,* ele pensava, incomodado. O navio inglês acabou se rendendo sem luta. Marina não disse uma palavra até entrar no convés inimigo. Começou a surrar o capitão inglês com uma fúria desmedida. Foi quando Inaiê teve de concordar com o Mateo, Marina não era assim, mas, como seu primeiro imediato, achou melhor não interferir. Viu o missionário a segurando pelos braços, ela se soltava e batia em qualquer um da tripulação inglesa que encontrasse.

— Os coloquem em botes com cinco pães e um jarro de água.

— Estamos a duas semanas da praia, não é comida suficiente — alguém a corrigiu.

— Esses porcos podem passar um pouco de fome — respondeu, cuspindo na cara deles.

O rosto dela mudou de fúria para extrema preocupação. Era a mesma expressão que Inaiê via na mãe toda vez que ele voltava de uma caçada. Marina desceu as escadas do navio apressada. Inaiê e Mateo foram atrás dela para oferecer proteção, caso ainda tivesse algum inimigo nos hangares inferiores. Ela ficou de frente a uma porta que estava trancada e a chutou com toda a força, derrubando-a.

Foi quando os dois finalmente entenderam toda a raiva e preocupação que Marina teve. Sentados atrás da porta estavam dezenas de homens e mulheres acorrentados.

Era um navio negreiro.

# O SOL É PARA TODOS

## HARPER LEE

— Vocês estão livres!

Marina ergueu a espada, o que assustou todos que estavam acorrentados, pois não entendiam o que dizia. Mas, quando abaixou a espada, quebrando a corrente que prendia a todos, a maioria suspirou aliviada, chorando de alegria e abraçando uns aos outros, enquanto alguns ainda se entreolhavam assustados.

Mateo e Inaiê ficaram felizes ao ver que Marina não tinha perdido o juízo batendo nos tripulantes, já que só estava revoltada com a situação. Ela, por sua vez, estava tão irritada que se arrependeu de não ter explodido cada mercador de escravos quando teve a chance, porém preferiu se concentrar em proteger. Tratou de alimentar a todos, também deu água e roupas. Muitos ali estavam claramente desnutridos, e ela sentiu seu coração apertar e murchar. Saber que uma época assim existiu, lendo nos livros de história, era uma coisa, mas ver pessoas morrendo por causa da cor era algo bem diferente. O pior de tudo era que isso não era só naquela época. "Só existe um tipo de gente: gente". Como não notavam algo tão óbvio quanto o que escreveu Harper Lee em *O sol é para todos*? Nunca se sentira tão indignada e revoltada, nem mesmo quando o pai lhe espancava.

Mesmo tentando falar com os ex-escravos, ninguém entendia o que ela dizia. Por isso, chamou Jafari, um dos poucos da tripulação que sabia falar swahili, e ele traduzia tudo o que Marina dizia.

— Somos piratas, ladrões, mas quem roubou a liberdade do seu povo foi a Europa, que se diz *civilizada*. Se é para ser assim, prefiro ser *bárbaro*. Ninguém deveria dominar outras pessoas. Ser humano significa nascer com o direito de ser livre. Então, não pensem, nem por um segundo, que devolvi sua liberdade, porque ela sempre foi de vocês!

Um brado soou por todo o navio, desde ex-escravos à tripulação, mas nada é tão simples. Mesmo utilizando tudo o que encontraram no navio negreiro, o que tinham de mantimentos não seria suficiente para cuidar de todos. Marina prosseguiu sua fala, porque teria de haver um plano para cuidar de tantas pessoas, com tão pouco recurso:

— Tenho três sugestões, mas se preferirem outro plano, estarei aqui para ouvir. A primeira é que se juntem à minha tripulação, pois mesmo tendo dito que somos piratas, temos focado em fazer comércio com ilhas do Caribe. Nesse caso, estarão seguros e terão um bom emprego. A segunda opção é ficarem em uma dessas ilhas. Faremos alguns parceiros comerciais, e eu poderia conseguir moradia e trabalho digno em terra, se desejarem. A terceira opção é a mais arriscada. Sei que foram arrancados de sua terra e de sua família. Podemos levá-los o mais próximo possível de lá. Pelo que vi, o povo da cultura Bemba vive em quilombos na Zâmbia. Mas se escolherem essa última opção, não posso garantir a segurança de ninguém.

Marina os deixou descansar, não queria que escolhessem o rumo de suas vidas naquele estado. Decidiu pôr todos no Vingança da Rainha Ana, porque, apesar de ter mais espaço no navio negreiro, aquela embarcação lhe trazia nojo e decidiu afundá-la. Mateo e Marina cederam suas cabines para os recém-chegados.

As dezesseis mulheres ficariam no quarto dela e no de Mateo, junto com as poucas crianças, e os mais de vinte homens se dividiriam entre as redes, junto ao restante da tripulação, e o quarto da Sereia Negra, que esteve intocado até então.

Por isso, o casal Teach acabou dormindo na cozinha, o que foi bom, já que o cozinheiro que ficou no lugar do Inaiê precisava de ajuda. Era um espanhol muito velho, com todos os cabelos brancos. Se chamava Lorenzo e sempre fazia cara de poucos amigos. Assim que o conheceu, Marina notou que ele era exatamente o que ela imaginava quando pensava em piratas. Tanto em aparência quanto em personalidade.

— Como está se sentindo hoje, Lorenzo? — Marina tentou puxar conversa.

— Humm... — grunhiu.

Ele realmente não gostava de falar.

— Vamos, fala comigo.

— Capitã, com todo o respeito, se quer fazer amigos, pode ir lá em cima falar com o Jafari. Sou só seu funcionário e não estou a fim de papo.

Lorenzo limpou a garganta, cuspindo em um balde.

Mateo já estava mais acostumado com esse tipo de situação, então lavava a louça, fazia a comida e cortava os peixes sem nem abrir a boca. Por isso, ganhou a simpatia do velho mais rapidamente. Quando Marina olhava para Mateo, sentia o coração derreter. Ele tinha uma espécie de doçura natural que, só de ficar perto das pessoas, causava um magnetismo imediato. Não tinha reparado antes, porque geralmente ele ficava recluso.

Inaiê chegou à cozinha e parecia péssimo, cheio de olheiras e com o cabelo bagunçado.

— Tem mais redes lá embaixo do que quando vamos pescar. Estou quase indo dormir na prisão... Não sei por que cedeu seu quarto.

Marina largou a batata que estava descascando, sorriu e respondeu:

— Eu aprendi, nesses dois anos aqui, que uma forma de se curar e proteger é fazer isso pelos outros.

— Ih, não disse nada com nada. Está inalando muita fumaça desse fogão — Inaiê respondeu, levemente contrariado.

— Pare de graça. Estou dizendo que quanto mais ajudo e protejo alguém, mais me sinto segura. Não sei o porquê, só sei que é bom.

— Você e essa sua bondade. Nem parece que também carrega o sobrenome Teach — Inaiê disse, fitando Mateo e revirando os olhos.

— O que ele quis dizer com isso? — Mateo perguntou, sussurrando depois que Inaiê saiu da cozinha.

— Que você é meio babaca.

— Ah... Talvez eu seja.

Abriu um sorriso.

Mesmo com a intimidade crescendo, Mateo não ousava investir na própria esposa. Ele tinha certeza de que Marina e Inaiê estavam juntos desde aquele dia em que viu os dois de cima do mastro. Não podia se meter na vida pessoal dela, porque, mesmo estando casados, Mateo sabia que não tinha sido por livre escolha.

Ao ver a atitude distante e muito respeitosa, Marina acreditava que não tinha mais chances com Mateo. Pensava que certamente ele não nutria nenhum interesse, porém não o culpava, ele sabia que ela matara Navin, além de ter sido incapaz de curar a Sereia Negra. Depois de tantas falhas, o normal era ele não querer vê-la, só que era bondoso demais para simplesmente ir embora.

Alheio a tudo isso, Inaiê caminhava pelo convés, sentindo o vento bater nos cabelos, trazendo o cheiro da maresia, quando um garoto de uns sete anos se aproximou.

– Senhor?

– Não chame mais ninguém assim! – ele o repreendeu com certa brandura. – Meu nome é Inaiê.

– Sim, I-I-Ina-i-ê? – o garotinho testou a pronúncia – Inaiê! – Ele falava português bem para alguém daquela idade, marcas do processo de escravidão. – Meus pais morreram no navio quando saímos de casa. Com quem vou ficar?

O coração do Inaiê apertou. Por que as pessoas eram tão cruéis? Pensava que isso era exclusivo da sua terra, mas, por todo o mundo, os europeus roubavam vidas. Olhou para o garotinho e viu um espelho. Não era diferente dele. A única diferença era que, quando a sua família morreu, Inaiê era mais velho e sabia se proteger.

– Você vai ficar comigo. Qual seu nome?

– Kito!

Ele sorriu, e o coração de Inaiê brilhou. Tinha uma família agora.

As noites eram barulhentas, já que o navio estava lotado. Mas, na cozinha, o silêncio era grande. Marina e Mateo dormiam no chão em lados opostos do cômodo.

– Sabe o esqueleto que fica na proa do navio? – Marina perguntou.

– Sim, o que tem?

– Ele deve ter uns cinco metros. É de algum gigante?

Mateo começou a rir, como se fosse a melhor piada que já ouviu.

— Não. — Virou de lado, olhando para o canto onde ela estava. Não conseguia parar de rir. — Foi entalhado em osso de baleia, ninguém seria tão grande assim.

— Perguntar não ofende — Marina bufou.

— Eu amo essa sua inocência.

— Ama? — ela questionou.

Os dois ficaram sérios e engoliram em seco.

— Digo, gosto. É uma boa qualidade, quer dizer... uma virtude. Bons cristãos não são maliciosos.

— Hum... — Ela se virou para a parede. Não queria olhar para ele. — Boa noite.

— Boa noite.

Mateo fechou os olhos, imaginando se tinha dito algo errado.

Não demoraram a chegar à primeira ilha comercial. Apenas sete dos ex-escravos optaram por ficar por lá. Eram duas famílias que não tinham interesse em trabalhar em um navio, muito menos em voltar para a própria terra. Marina conseguiu comercializar alguns barris de açúcar, que haviam obtido em troca de uma boa pescaria feita dias antes, o suficiente para comprar a liberdade de todos e conseguir duas casas na ilha para os que ficariam. Acertou, com comerciantes confiáveis, trabalhos decentes e bem pagos para eles.

Demoraram uma semana naquele lugar. Inaiê ainda negociou para que pudessem levar barris de tabaco e café. Marina percebeu que acertara com louvor na escolha de seu primeiro imediato. Kito o seguia para tudo que era canto e ainda imitava o jeito que Inaiê gesticulava e falava. O jovem estava feliz em ser pai e já contara a novidade para a capitã, que ficou surpresa e contente pelo amigo.

— Na sua época também existem pais de quinze anos? — ele questionou.

— Na verdade, não sei bem, mas acho que sim, muitos. — Marina percebeu que estava em uma era em que não existiam adolescentes, ou se era criança ou se era adulto. — Você vai criá-lo bem. Afinal, também é uma criança.

Os dois riram daquela verdade. Ele e Kito corriam e brincavam em todos os lugares da ilha. Era bom ver o amigo realizado, porém Marina preferia ocupar seu tempo passeando pela orla. Gostava da praia. Todos a viam como uma mulher imponente e misteriosa, pois caminhava com elegância e postura, mas ela mesma não sabia disso. Naquele dia, viu um animal pulando perto do acampamento da tripulação.

— Isso é um... cachorro?! — Ela perguntou para um dos marujos.

— Sim...

— Meu Deus! É lindo demais!

Marina se jogou no chão com o cachorro e começou a lhe fazer carinho, brincando com ele. A tripulação estranhou, pois aquele não era o comportamento que esperavam dela. Marina nunca tinha tocado um cão. Já tinha visto na televisão e lido nos livros, claro, mas aqueles olhinhos grandes e nariz molhado eram cativantes demais para ela. Queria ficar com ele, mas logo viu que pertencia a um pescador.

— Por que não podemos ter um cachorro? — perguntou para o Mateo.

— Não tem espaço no navio para ele correr. Além disso, não podemos gastar comida que seria da tripulação.

— Por isso piratas preferem papagaios?

— Já te disse mil vezes que piratas não têm papagaios. Se tivéssemos pássaros a bordo, nós os comeríamos. Não sei de onde tirou isso.

Alguns mitos que foram desmentidos eram decepcionantes. Até agora, não tinha visto ninguém com perna de pau também. Pelo menos Navin tinha explicado que o tapa-olho servia como item de estímulo para a visão noturna. Afastou a lembrança do antigo amigo com rapidez.

No fim daquela semana, a tripulação embarcou em direção à África. Mesmo que sete dos ex-escravos tivessem se unido à tripulação, a grande maioria queria ir para casa. Enfrentariam o Cabo da Tormenta novamente. Marina não estava muito animada, mas preparou o navio para qualquer contratempo. Pediu que Jafari reforçasse a madeira de todos os mastros e do casco. Colocou o dobro das provisões que precisavam, para o caso de enfrentarem um mar sem vento, como na época do motim. Por fim, pôs o chapéu de capitã e ergueu sua espada de jade.

— Cavalheiros, a todo pano!

# CAPITÃES DA AREIA

## JORGE AMADO

Durante todo o tempo em que planejavam ir à Zâmbia, nada tirava da cabeça de Mateo que Emma talvez estivesse em um dos desertos africanos. Deus o uniria à irmã mais uma vez, estava certo disso.

Durante o Cabo da Tormenta, Marina ficou no timão e Mateo checou o navio, para ver se estavam todos bem. Essa, na verdade, era a função do Inaiê, mas ele pediu esse favor ao amigo, porque queria proteger o Kito. Eles ficaram na cama de Marina – todas as outras crianças estavam no quarto que fora de Sereia Negra, onde duas mulheres cuidavam de todos –, e o primeiro imediato começou a contar histórias para distrair o filho adotivo.

– Conhece a história da mandioca?

– Não – Kito tremia de medo da tempestade.

– Lá na minha terra tinha uma mãe que criou uma filha chamada Mani. Ela tinha a pele clara e brincava muito na aldeia. Mani era muito amada por todos e tinha um brilho forte. Como posso explicar? – Hesitou, procurando as palavras. – Todos ficavam felizes perto dela.

– Igual à capitã? – Kito gostava da Marina, ela era sempre gentil com ele.

Inaiê sorriu. Marina realmente brilhava. Assentiu, continuando:

— Só que a menina ficou muito doente e nem o pajé conseguiu ajudar. Então, Mani morreu. — Kito fez uma careta, não estava gostando dessa história. — Os pais dela a enterraram dentro da própria oca e choraram em cima da terra. Alguns dias depois, uma planta nasceu bem em cima do lugar onde Mani foi enterrada. A planta era marrom por fora e branca por dentro. A mãe dela batizou de Maniva, mas a tribo preferiu chamar de Mandioca, porque veio de Mani e da oca.

— Então toda vida produz mais vida? — Kito sempre fazia perguntas complexas demais para sua idade.

— Pode-se dizer que sim... A moral é: cada um pode contribuir para o todo, pois se Mani não tivesse morrido, talvez meu povo não tivesse uma planta tão importante.

Quando atravessaram o Cabo da Boa Esperança, Marina chamou todos os novos tripulantes do navio, incluindo Kito, para o convés.

— Temos uma tradição, um rito de passagem para quem atravessa o Cabo da Tormenta pela primeira vez, que é furar uma das orelhas e pôr um brinco de argola. Quem não quiser, vou entender, mas quem estiver disposto dê um passo à frente.

Todos deram um passo à frente, incluindo Kito, que foi puxado por Inaiê, pois o considerava novo demais para furar a orelha. Marina furou a orelha de cada homem, um por um, usando uma agulha e um limão. Também jogava um pouco de bebida alcoólica por cima para não infeccionar. Enquanto isso, ela também sorria, lembrando as histórias do Navin sobre Simbad, um pirata de incríveis aventuras e que usava brincos como aqueles. O bom era que as memórias sobre ele haviam se tornado mais doces com o tempo. Esperava que, onde estivesse, pudesse perdoá-la.

Não demorou a chegarem ao Canal de Moçambique, mesmo com o vento contrário. Atracaram no Porto de Maputo, que não tinha muita estrutura para receber as embarcações, mas foi suficiente para guardar o Vingança da Rainha Ana. Infelizmente, não eram os únicos ali. Dois anos antes havia começado um tráfico de escravos que ia de Moçambique às Ilhas do Índico.

Felizmente, a tripulação de Marina estava em maior número. Atacaram em terra e a batalha foi sangrenta. Por mais que a capitã quisesse evitar mortes, tratava-se de uma questão pessoal para boa parte dos seus homens, que condenaram os portugueses que escravizavam seu povo. Marina conseguiu eletrocutar alguns com o *taser*, não sem antes distribuir uns bons socos. Os poucos prisioneiros portugueses foram amarrados em troncos de palmeiras e deixados lá. O primeiro imediato verificou os navios negreiros e, depois de confirmar que haviam sido esvaziados, embebedou algumas flechas com óleo, pôs fogo e as atirou nas embarcações que queimaram em questão de minutos. Mesmo que Marina quisesse utilizar os navios, ainda não tinha homens suficientes para isso.

A capitã deixou metade da tripulação no Vingança da Rainha Ana, caso mais portugueses chegassem no porto ou alguém tentasse levar o navio. Os cativos libertos não estavam tão feridos, nem famintos, pois tinham sido capturados no dia anterior. Por isso, seguiram com a caravana sem dificuldades.

No começo, parecia uma trilha de safari, daquelas que Marina tinha visto nos filmes, mas o Deserto de Kalahari era escaldante e estava cheio de predadores. Não era totalmente liso com areia, havia uma árvore seca e pequena a cada alguns metros. A areia do deserto era muito diferente da praia. Era mais densa, amarelada e cansava mais ao andar.

Lembrou um dos seus livros preferidos: *Capitães da Areia*. Seu grupo não era diferente deles: com exceção dos nativos, havia só uma garota; muitos chegaram crianças e se tornaram ladrões. Sempre se colocava no lugar de um personagem, mas de forma nenhuma era Dora. Mesmo sendo a única figura feminina, sua personalidade tinha mais a ver com a do professor. Com certeza, leria livros à luz de velas, se tivesse encontrado algum. Mateo tinha alguns livros, mas ela tinha vergonha de pedir emprestado e nunca achava um em português ou espanhol nas ilhas, já que seu inglês era quase inexistente no tocante à leitura.

Acamparam pouco antes de anoitecer. As tendas eram brancas, mas o interior era muito colorido, devido aos remendos feitos ao longo do tempo. As almofadas eram gastas, mas serviam ao seu propósito. Amarraram os camelos, roubados dos traficantes capturados e que levavam os suprimentos, do lado de fora. Acederam uma fogueira próximo ao acampamento para afastar os animais.

Na tenda principal, ficaram Mateo, Marina, Kito e Inaiê. Deitaram-se nas grandes almofadas no chão, formando um círculo em volta das lamparinas de azeite. Aquilo lembrava a vez em que os dois a resgataram da prisão espanhola. Marina sorriu. Parecia que tinha sido em outra vida, como se tivesse passado mil anos desde então. Não sabia se isso era efeito da viagem no tempo ou uma consequência de crescer.

— De onde vem os bebês? — Kito perguntou no meio da noite.

Os três arregalaram os olhos.

— Quando um casal se ama... — Inaiê começou.

— Para! Ele não está pronto para isso — Mateo disse, puritano como sempre.

— Melhor eu explicar. — Marina limpou a garganta. — Quando um casal... — Mateo a encarou, olhos esbugalhados —, que já está casado — o marido acenou positivamente com a cabeça —, se ama muito, o homem dá para a mulher uma semente, que ela planta na barriga. Depois de um tempo, surge um lindo bebê.

— Ah. — Kito colocou a mão no queixo. — Então vocês vão fazer um bebê, já que são casados?

Mateo e Marina ficaram muito vermelhos, Inaiê gargalhou tanto que começou a rolar no chão. Quando parou, sentou-se e deu um tapinha nas costas do amigo.

– Responde aí, missionário.

– Bem... – Mateo estava com muita vergonha para pensar numa frase.

– Talvez no futuro – Marina disse, olhando para Kito, encabulada demais para ver a reação do marido. – Agora durma logo, não é hora de criança ficar acordada.

A própria Marina deitou e cobriu o rosto com um lençol. Mateo sentia o coração bater forte. *Ela disse aquilo para encerrar a conversa ou realmente pensa em mim dessa forma? Fazer...* Ele engoliu em seco. Seu corpo inteiro vibrava só de pensar na possibilidade. *Devo investir? Ela não está com o Inaiê? Será que tenho chance? Tenho tanta fé em Deus e nenhuma em mim mesmo... Patético!*

Sem conseguir dormir, Mateo esperou todos adormecerem e acordou Inaiê com dois tapas nos ombros. Ele o olhou assustado.

– Hã? O quê? Estamos sendo atacados?

– Não. Fala baixo! Vamos conversar fora da tenda – Mateo sussurrou.

Os dois se levantaram, e Inaiê cobriu Kito, que estava todo esparramado na almofada, com um cobertor fino. Do lado de fora, as estrelas salpicavam o céu, que estava mais negro do que azul.

– Por que quer conversar no meio da madrugada?

– Eu desejo saber... sobre seu envolvimento com a Marina.

– Hum... – Inaiê sorriu, cruzou os braços e alongou as costas para trás. – Por que não perguntou para ela?

– Não mude de assunto. Responde o que perguntei.

– Calma! Se tivéssemos alguma relação, lutaria por ela comigo?

— Claro que não!

— Por que tem medo de mim?

Mateo deu um sorriso amarelo.

— Marina é livre para decidir o que quer. Se ela te ama e te escolheu, lutar não adiantaria. Ela não é um prêmio, eu respeito suas decisões — suspirou. — E cá entre nós, com certeza eu te derrubaria no primeiro soco.

Inaiê abaixou os ombros, envergonhado por não ter dito a verdade quando pôde. Entendia agora por que Marina tinha escolhido o Mateo. Abriu a boca para contar tudo quando viu uma cobra a meio metro deles e congelou. Mateo notou que ele tinha ficado petrificado e ia perguntar o motivo quando Inaiê balbuciou:

— C-c-cobra...

Apontou, mexendo o braço e a mão o mínimo possível.

Mateo não tinha nada nas mãos para enxotar o animal e, para piorar a situação, Inaiê ficou com tanto medo que subiu nas costas dele.

— Controle-se!

Marina acordara com o barulho que vinha de fora e pegou a espada e o *taser*, achando que estavam sendo atacados, mas, ao abrir a porta de tecido da tenda, deparou-se com o primeiro imediato montado nas costas do seu marido. Pensou em voltar a dormir, temendo descobrir seja lá o que aquilo fosse, mas viu a cobra e correu para socorrê-los. Aproximou-se por trás, vagarosamente, e a cortou próximo à cabeça com um só movimento da espada. Depois com a ponta da arma, levou-a para longe do acampamento.

Inaiê desceu das costas do Mateo da forma mais discreta que conseguiu, fingindo que ninguém tinha visto aquilo. Quando voltaram à tenda, ele puxou o amigo de leve e sussurrou no ouvido dele:

– Ela me rejeitou.

Mateo arregalou os olhos, não esperava essa resposta. Achou melhor se deitar e dormir, pensando que, de fato, ele tinha uma chance. Sabia que só porque Marina não gostava do Inaiê, não queria dizer que ela fosse gostar dele. Ela poderia muito bem não ter interesse em ninguém. Contudo, não custava tentar. Afinal, a amizade de Marina e Inaiê não ficara estranha depois da rejeição. Então, mesmo que confessasse seus sentimentos e também fosse rejeitado, não perderia a amiga.

Amanheceu e anoiteceu sem que o missionário tomasse coragem de falar com Marina. Apenas no amanhecer do terceiro dia algo mudou. Como sempre, Mateo parecia indiferente, mas, na verdade, seu pensamento estava longe. Afastou-se da caravana enquanto desmontavam as tendas. Ele parou embaixo de uma árvore e pegou uma folha seca no chão. Guardou-a entre as páginas do caderno de desenho com a capa preta. Respirou fundo.

Não ventava como no mar e eram sempre as mesmas estrelas no céu quando anoitecia. Era tudo tão diferente do navio. Ele não tinha estado em terra por tanto tempo desde que nasceu. Queria guardar cada parte do que encontrava. Olhou para Marina com um brilho nos olhos, finalmente iria se declarar. Não havia hesitação da parte de Mateo, mas, no momento em que a mão dele tocou o ombro dela, buscando chamar sua atenção, uma flecha atingiu a areia a meio metro dali.

Um grito de guerra foi ouvido, e Marina jogou Mateo para trás, sacando a espada e o *taser*, um em cada mão, mas não havia nada em volta além de dunas de areia avermelhada. Era como se estivessem sendo atacados por fantasmas. A tensão era grande, ninguém ousava se mexer, até que uma chuva de lanças cobriu o céu.

— Se afastem! — Marina gritou.

A caravana conseguiu se afastar a tempo. Inaiê pensou que a capitã tivesse congelado, porque olhava para os lados com urgência no semblante. Na verdade, sua cabeça estava a mil quando ela estalou os dedos e disse:

— Abaixem as armas!

Alguns hesitaram, mas todos obedeceram. Ela chamou Jafari e pediu que ele traduzisse aos gritos o que ela dizia.

— Somos piratas! Não queremos luta! Estamos ajudando nossos amigos a voltar para casa — ela bradou, e o ataque foi interrompido.

Dois guerreiros surgiram das dunas e chamaram todos com as mãos.

Ao atravessarem, perceberam que se tratava de um enorme forte quilombola, escondido entre as dunas e fortemente protegido por guerreiros armados. Um dos guerreiros entrou ali e voltou minutos depois; o que pareceu horas para a caravana que aguardava num silêncio de pânico. Ninguém dizia uma palavra até que Jafari traduziu o que o guerreiro disse:

— Só um de vocês poderá entrar.

Marina deu um passo à frente.

— Não precisa ser você toda vez! — Mateo pegou gentilmente no seu pulso, mas ela se soltou.

— Viu mais alguém sem medo aqui?

Marina continuou andando, e Mateo percebeu que era verdade. Todos em volta estavam com os olhos arregalados e confusos. Ela, entretanto, parecia indestrutível. As mãos dela sequer tremiam, e marchou até a porta triunfante, mas ele sabia bem que Marina podia se ferir ou algo pior do que isso.

Mesmo que os piratas e os quilombolas tivessem um bom histórico de convívio e auxílio, eles poderiam ser facilmente confundidos com corsários e mortos ali mesmo. Mateo decidiu compartilhar essa agonia com Inaiê.

— Mas o que são corsários? — o índio perguntou.

— São homens que já foram piratas, mas venderam informações da pirataria para algum império e conseguiram a carta de corso. Isso dá poder para saquear navios de reinos inimigos sem que seja considerado crime. Eles também caçam piratas, o que para mim, particularmente, é muita hipocrisia.

— E por que esse povo odiaria os corsários?

— Porque os corsários estão do lado de algum país europeu que já deve tê-los escravizado, roubado suas riquezas e suas terras.

— Não acha melhor nós irmos ajudá-la, então?

— Estamos em menor número e com menos armas. Além disso, boa parte da caravana estava no navio negreiro. Não devem ter recebido treinamento ao longo da vida e não seria certo pedir que lutem contra a sociedade da qual eles querem voltar a fazer parte. Foi para isso que viemos até aqui: trazê-los em segurança para um lugar que os acolha. Por mais que doa na minha alma, sei que Marina morreria por isso. Só acho imprudente ela sempre se colocar nessa posição de risco.

— Então por que não se ofereceu para ir? — Inaiê retorquiu ácido, como sempre.

— Como?

— Ora, eles pediram que uma pessoa entrasse. Por que simplesmente não deu um passo à frente?

Mateo abaixou a cabeça, envergonhado.

Enquanto isso, Marina caminhava por dentro do quilombo com firmeza, mas pensava que não sairia viva. *Não têm motivo para confiarem nas minhas boas intenções. Por que não mandei alguém vir no meu lugar?* O guerreiro a deixou em frente à uma casa onde uma mulher estava sentada em uma cadeira na varanda. A mulher era nitidamente respeitada e tinha poder ali. Seus cabelos tinham alguns fios brancos aparecendo sob o turbante laranja que usava. Os olhos eram doces, mas pareciam cansados e marcados pela idade. Ela deveria ter uns sessenta anos, mas aparentava bem mais. Usava um chale verde no colo e olhou para Marina com superioridade.

– Fala inglês? – a mulher perguntou, e Marina respondeu balançando a cabeça, nervosa demais para falar. – É com muito desgosto que aprendi essa língua. Tem uma menina branca que vive aqui, ela nos ensinou em troca de pouparmos sua vida. É bom saber o idioma para torturar os ingleses quando tentam nos atacar. É importante aqui sabermos onde o inimigo acampa, as armas que possui e qual será seu próximo passo. Parecemos fugitivos, mas esse é o nosso lar, e isso é uma guerra.

Marina engoliu em seco, sabendo que, como líder do quilombo, ela não diria isso para qualquer pessoa. Então, provavelmente, não a deixaria sair dali com vida, mas para a sua surpresa, a senhora continuou:

– Vejo que também é mulher, e ser pirata deve ser difícil. Na sua posição, nós temos um inimigo em comum: a Inglaterra. Em que pode me ajudar?

Marina não esperava uma colaboração tão rápida e mediu as palavras antes de falar:

– Sou a capitã do Vingança da Rainha Ana. Apesar de ter dito que somos piratas, não saqueamos navios, exceção usada apenas para os que levam escravos, pois não aceitamos tamanha desumanidade. Nosso objetivo aqui é trazer em segurança os resgatados de um desses navios. Gostaria de ajudá-la na sua batalha, mas nosso poder bélico se resume ao mar, ainda assim, só temos um navio, não uma frota.

– Compreendo.

A mulher chamou um dos guerreiros e falou com ele enquanto Marina matutava sobre o que tinha ouvido. A menina branca que vivia ali poderia ser Emma, apesar de achar que seria coincidência demais. Em pouco tempo, toda a caravana havia entrado no quilombo e estavam enfileirados logo atrás de Marina.

– Fiquem à vontade – a mulher prosseguiu. – Sou a líder desse quilombo. Agradeço aos amigos piratas por trazerem nossos irmãos desta terra. Essa é a nova casa de vocês, se desejarem. E aos piratas, fiquem o tempo que considerarem necessário. Qualquer amigo da liberdade tem um abrigo aqui.

Eles foram guiados para lugares diferentes, uma parte do grupo foi para uma cabana grande, que parecia um salão de festa, já a outra parte foi para uma cabana menor para descansarem da viagem. As estruturas tinham muitas colunas de madeira que tiravam a base do solo. O porquê foi explicado logo depois, pois no fim da tarde começou a chover torrencialmente, mas a casa ficou protegida de inundação pela altura.

– Está chovendo no meio do deserto? – Mateo estava confuso.

– É bem normal no Deserto Kalahari – Jafari esclareceu. – Existem tempos escassos e de sequidão ou chuvas que duram até quarenta dias.

– Deve ser difícil viver aqui, então – Inaiê comentou.

– Na verdade, é bom para o quilombo, torna esse um lugar de difícil acesso – Jafari concluiu, satisfeito.

Mateo ainda estava nervoso porque nunca era ouvido por Marina. Ele a chamou para o lado de fora da cabana. A varanda os protegia da chuva torrencial.

— Entendo que você consegue ver o que ainda não aconteceu. Você olha para esse quilombo e percebe o potencial dele para se tornar o palácio de um povo que nasceu para ser livre. Eu admiro isso, mas quando se trata da sua segurança e da sua própria vida, você age como se não valesse nada.

— Eu não tenho nada a perder.

— Nada? Certo, seus amigos são *nada* para você. Eu tenho algo a perder: *você*. É egoísta arriscar sua vida por todo mundo.

— Isso não parece egoísmo para mim — Marina respondeu, confusa e um tanto contrariada.

— É egoísta quando não se importa com quem te ama!

— Você... me ama? — Ela hesitou.

— Claro que te amo! — Ele começou a andar para longe da cabana, completamente encharcado. — Se corresponde ou não, não desejo saber até que passe a dar valor à sua própria vida. Você é bem mais do que pode oferecer para as outras pessoas!

# ANNE DE AVONLEA

## LUCY MAUD MONTGOMERY

Marina não sabia se ficava triste ou feliz com a declaração. Ela entendia que Mateo não queria entrar em um relacionamento com alguém que não fosse resolvida. Na verdade, sempre achou que fosse uma pessoa esclarecida, mas percebeu que só se passava por uma. Dar valor à própria vida não deveria ser algo difícil. O certo era que não era egoísta demais, era egoísta de menos. *Amar o próximo como a si mesmo.* Com o próximo era simples, mas se amar...

Com certeza amava a vida, agarrava-se muito a tudo que via, sentia, comia. Queria experimentar tudo, viver plenamente. Mas já convivera o suficiente consigo mesma para ficar de saco cheio dos próprios pensamentos. Decidiu fazer uma promessa: não arriscaria morrer, a menos que fosse a única e derradeira alternativa para salvar alguém que amasse.

Abraçou seu próprio corpo e se sentou na varanda, enquanto chorava silenciosamente. Olhou para as mãos calejadas e com alguns arranhões e pensou na mãe e na irmã, em como suas vidas haviam sido interrompidas tão cedo. Deveria viver pelas duas, aproveitar a oportunidade que elas não puderam ter e fazer algo com isso. Viu seu reflexo na poça, percebendo como ficava feia chorando. Achou engraçado. Marina sempre teve muito tempo para reflexão, mas nunca para autoadmiração. Por isso, passou a observar a menina que via no espelho d'água, ajudando pessoas a voltar para suas famílias, mesmo que ela própria não tivesse uma. Será que Mateo tinha razão? Será que ela arriscava demais a própria vida?

Fechou os olhos com gratidão por estar ali, por ter sobrevivido a tantas aventuras, por ter conhecido seus amigos e o prazer da liberdade. Amava cada sarda do seu rosto, seu cabelo cacheado e seus olhos castanhos. Amava seu senso de justiça, sua coragem e imaginação. Amava, acima de tudo, a Deus por tê-la criado. Mesmo com um começo ruim na vida, sabia que Ele tinha um plano ao colocá-la ali, naquela época conturbada. Viu Mateo em outra cabana, sentado e com o rosto enfiado entre as mãos. O amava também e achava que precisava esclarecer tudo isso de vez.

Mateo levantou os olhos e viu Marina o encarando. Apreciava o fato de ela ser tão transparente. Estava claro que ela estava passando por um grande questionamento pessoal. Era totalmente visível só pelo olhar. Não queria que ficassem juntos por impulso e, por isso, teve de confessar-lhe como se sentia em relação às suas atitudes quase sempre impulsivas. *Ainda assim, fui muito hostil com ela? Definitivamente não era assim que queria expressar meus sentimentos.*

Ele se levantou, reunindo toda a coragem que tinha. Seu peito ardia, suas mãos tremiam, não só de frio. Ignorava a chuva que grudava seu cabelo na testa e enlameava suas botas. Ao vê-lo se aproximar, Marina levantou e percebeu que nunca tinha visto aquele olhar em Mateo, era uma mistura de angústia e urgência. Ela abriu a boca para dizer algo, mas sua voz falhou com a proximidade dele. Mateo acariciou seu rosto, e ela só confirmou com a cabeça o que seus olhos já diziam. Ele grudou a boca na dela enquanto apertava levemente sua nuca com as duas mãos. Marina notou que era um beijo diferente de quando fugiram da prisão espanhola. Era suave, lento e aquecia seu corpo, como o mar em um dia de sol.

Mateo sentiu como se todo o mundo desaparecesse e só restasse aquele beijo. Sentia as mãos da sua amada quase na altura dos ombros e, por mais que ele tivesse que se curvar para beijá-la, o contorcionismo valia a pena quando se tratava daquela baixinha. Poderiam ter passado horas, anos, e mesmo assim ele acharia que não foi tempo o suficiente para tê-la em seus braços. Não passou de dois minutos até Marina se desvencilhar.

— O que foi? — perguntou, ansioso.

— Eu... Nós... precisamos conversar. — *Essa frase é tão velha assim para dizê-la em 1722?* — Não é nada ruim, prometo. Só que estamos casados, e acho que sou muito nova para viver... *maritalmente*. Entende o que digo?

O olhar dele ficou confuso até entender do que se tratava, então corou.

— Sim, obviamente... Eu te respeito muito e... — Sua mente travou por ficar muito envergonhado. Foi quando notou que não sabia se ela correspondia aos seus sentimentos e foi logo beijando-a. — Você gosta de mim?

Encarou-a com olhos aflitos.

— É claro... Eu te amo.

Mateo nunca deu um sorriso tão grande quanto aquele. Vê-lo tão feliz fez com que Marina sentisse seu coração derreter como manteiga, mas não podia se desviar daquela conversa, era importante.

— Mas deveríamos namorar primeiro, mesmo estando casados. — Marina sorriu ao falar, por notar que a frase era engraçada. — Por alguns *anos*, inclusive — acrescentou —, mas se for problema para você...

— Absolutamente. Temos uma vida toda pela frente, o que são alguns anos perto disso? Você é a rainha do meu coração e tem o tempo que desejar.

Ela ficou feliz com a resposta, mas não surpresa. Afinal, Mateo sempre foi assim: paciente e gentil. Sentiu um alívio na mente e uma explosão de alegria no peito. *Encontrei amor em um tempo tão hostil como esse. Deus realmente tem cuidado de mim, farei minha parte cuidando do Mateo também.*

Mesmo não demonstrando afeto na frente da tripulação e dos quilombolas, era clara a proximidade entre os dois. Inaiê logo notou, mas não ficou frustrado. Sabia bem que isso poderia acontecer quando revelou que não estava envolvido com ela.

Com a noite, veio o jantar, que era muito diferente do que os marujos estavam acostumados. Em vez de peixe, especiarias e batata, havia batata-doce, um ensopado de frango com inhame, mandioca e taro, esse último nem mesmo Mateo tinha visto. Inaiê ficou felizmente surpreso ao ver tantas raízes, além de milho cozido aos montes em pratos.

— Não vai beber cerveja de milho? — Jafari perguntou.

— Eu não bebo nada que me deixe embriagada — Marina respondeu.

— Beba só um pouco de ráfia, então. Vai gostar. — Ela olhou para o copo e achou parecido com o hidromel que alguns marujos bebiam. Bebeu em um gole só. A bebida aqueceu o corpo naquela noite chuvosa. — Do que é feito?

— É vinho de palmeira. — Marina ergueu as sobrancelhas e Jafari se explicou: — Nessa quantidade que bebeu é quase medicinal. Serve para aquecer o corpo em tempos frios como esse. Teria que beber vinte copos para ficar bêbada.

— Ah, sim. Jafari, agora que estamos conversando, percebo que essa língua que estão falando aqui é diferente do swahili.

— Bem notado. Eles estão falando bemba, língua que, aliás, não sei falar. Mas como muitos aqui falam swahili, não vai ser difícil nos comunicarmos. Deseja falar com alguém?

— A líder deles.

— Ah... a rainha.

— Rainha? Esse é o título? — Marina ficou surpresa por se tratar de uma monarquia.

— Não é exatamente como uma monarquia europeia. Na verdade, pelo que sei, é bem difícil ter uma rainha. Normalmente é um rei que comanda, junto aos chefes da aldeia, chefes da linhagem e membros notáveis. Mas como são tempos de guerra, imagino o que deve ter acontecido com os homens daqui. — Jafari abaixou os olhos, triste, mas continuou: — Ela fala inglês, por que não conversa diretamente?

— Não seria certo. Essa é casa dela, o reino dela e ainda precisa se esforçar para falar o *meu* idioma?

— Sua língua não era o português? — Jafari achou interessante a preocupação de Marina.

— Sim, mas não é esse o caso. Só quero respeitá-la ao máximo.

Os dois caminharam em silêncio na direção da rainha, logo depois do jantar. Marina fez uma reverência exagerada e atrapalhada, quase caindo para frente, o que fez a rainha rir. A capitã notou que ela tinha um lindo sorriso, mas olhos tristes.

— Você é uma jovem muito instigante — a rainha falou, com delicadeza, em inglês —, mas não precisa dessa formalidade aqui.

— A senhora também não precisa dessa formalidade — Marina disse em português e logo foi traduzida por Jafari para o swahili. — Eu que vim à sua terra, eu que deveria saber sua língua, não o contrário. — Abaixou a cabeça em sinal de respeito. — Quero ajudar no que for possível, ainda que seja pouco. Pretendo deixar algumas pistolas e trazer escravos libertos dos navios que enfrentar, além de mais armamento — Marina hesitou. — Só queria uma coisa...

— Obviamente, como pirata e capitã, deve estar em busca de espólios para me fazer essa oferta.

— Na verdade, não aceitarei nenhuma moeda. Sua causa é nobre e seria desonroso pedir dinheiro por isso.

— Uma pirata com honra? Difícil de ver. Realmente é uma mulher interessante... — A rainha pôs a mão no queixo enquanto a analisava.

— Tudo o que desejo é conhecer a tal garota que me falou, a que ensinou inglês em troca da própria vida.

A rainha franziu o cenho, um pouco desconfiada e curiosa. Marina achava que pudesse ser Emma, mas não contou ao Mateo por medo de estar enganada, e ele acabar se decepcionando.

— Entendo — afirmou ela, sem entender completamente.

Sussurrou para um dos guerreiros logo atrás de si e, em poucos minutos, a garota foi trazida à sua presença.

Era loira e tinha o cabelo tão cacheado quanto o de Marina e olhos castanhos; seu rosto era rechonchudo e aparentava ter dezesseis anos. Além disso, mancava de leve, e Marina pôde notar que era pela falta de parte da perna direita, na qual agora era visível uma perna de madeira. Ela usava um vestido verde-musgo com um chale de pele de cabra. Definitivamente, não era Emma Teach.

Frustrada, Marina ergueu a mão para cumprimentá-la, apresentando-se somente. A rainha era experiente o suficiente para juntar as peças e perceber o que estava acontecendo.

— Estão procurando alguém?

— Sim — Marina respondeu, surpresa ao ouvir a tradução de Jafari. — Como soube?

— Tenho dois olhos.

Marina riu acuada, mas decidiu pedir ajuda.

— Estamos procurando minha cunhada, sumida há sete anos. Ela tem cabelo preto e cacheado e uma tatuagem na mão em forma de vento. Assim... – enfatizou, desenhando na terra molhada. – Se a vir, poderia me informar?

– Perfeitamente.

A chuva persistiu por mais cinco dias e, quando cessou, era chegada a hora da caravana partir. Só havia um problema, que apenas foi percebido na despedida.

– O garoto não vai com vocês – a rainha disse, referindo-se ao Kito.

– Como assim? – Inaiê puxou o braço do pequeno, colando-o às suas costas. – Ele é meu filho.

– Não, não é. – A rainha abaixou o tom de voz com autoridade. – A casa dele é aqui, com o povo dele. Não é possível que achem certo uma criança em um navio pirata.

– Eu fui perfeitamente capaz de cuidar dele até agora. Não tem um arranhão nele – Inaiê declarou, com esforço para não soar ameaçador.

– Mesmo que não se machuque, sei que não seria de boa influência.

– Como é?! – Ele estava a ponto de perder o controle.

Por sorte, a rainha o ignorou e se virou para Marina.

– Se quiser manter boas relações conosco, é melhor deixar o garoto.

– Ele tem nome! – Inaiê gritou, enquanto continuava sendo brutalmente ignorado.

Marina suspirou e, com permissão, aproximou-se mais da rainha.

– Senhora, olhe para a criança.

Kito fungava nas costas de Inaiê e se agarrava à camisa dele com toda a força de seus bracinhos. Estava nitidamente assustado e só confiava nele. A rainha, percebendo isso, notou que o menino, que já tinha perdido a família, não precisava se afastar de mais um pai. Encarou Marina mais uma vez e entendeu o que ela estava pondo em questão.

— Entendo. Podem partir, sob a promessa de que me atualizem da situação dele.

Inaiê, que estava nervoso havia dois minutos, suspirou aliviado. Sabia que não teriam chances contra os guerreiros do quilombo, caso fossem atacar por causa de Kito.

A marcha de volta foi mais cansativa, porque alguns rios encheram, e eles precisaram dar a volta. Além da areia e terra molhadas dificultarem a caminhada, não havia local seco para montar as tendas. Então, apenas andaram por quase três dias, dormindo em turnos, sempre apoiados em alguma árvore. Os homens não pareciam muito motivados. Muitos ali só quiseram trabalhar para a capitã com a promessa de serem mercadores, mas agora estavam mais para abolicionistas, o que era muito perigoso, já que havia uma diferença gritante entre saquear um navio mercante e enfrentar um galeão inglês ou português.

— Lembra o que eu disse? — Marina perguntou ao Mateo.

— Que parte?

— De não termos muita intimidade por hora.

— Ah, sim. — Ele corou.

— Também quero te pedir para respeitar minha privacidade, no sentido de não entrar no meu quarto sem bater nem nada do gênero. Já moramos no mesmo navio, por isso não devemos ficar o dia todo colados. Você deve ter seu espaço; e eu, o meu.

— De acordo.

Ao subirem no navio, contudo, a situação foi diferente. A tripulação havia capturado mais alguns mercadores de escravos e estava tudo aparentemente dentro do esperado, até

Williams, todo animado – como se tivesse acabado de comer uma torta de peixe –, foi até os dois.

– Tenho uma surpresa para vocês.

Guiou-os até a cabine de Marina.

Ao abrir a sua cabine, a capitã percebeu que não era mais *sua*. Alguém tinha derrubado a parede que separava o seu quarto e o de Mateo, formando um grande e único aposento. Havia uma nova cama de casal, que, como as demais, era pendurada no teto. Os cobertores vermelhos davam um toque erótico ao lugar. A banheira dela estava timidamente ao fundo. Ao lado da sua mesa e da escrivaninha de Mateo, havia alguns baús para colocar roupa, que costumavam ser da Sereia Negra, além de uma estante que devia ter sido feita às pressas, porque estava um pouco torta. O cômodo não estava mais largo, só mais comprido. A última parede acabou sendo a de vidro com vista para o mar, que ficava no quarto do Mateo.

O casal arfou em uníssono com aquela visão.

– Bom, vocês já estão casados. Imaginei que apenas por causa da confusão não haviam juntado os quartos ainda.

– Claro, claro... – Marina disse, mas Mateo ainda estava em choque. – Se puder nos dar licença, vamos aproveitar um pouco. – Sorriu desgostosa, fechando a porta na cara do marujo.

– O que vamos fazer? – Mateo sussurrou, desesperado.

– O jeito é dividir, pelo menos por enquanto. Sei que deve querer tomar um banho, vá em frente enquanto vou vistoriar o hangar dos canhões – Marina disse, já saindo, sem esperar resposta.

Ela tentou manter a postura e o decoro, mas sua mente e coração estavam fervilhando. Depois do banho, Mateo pôs o que parecia ser uma bermuda e uma camiseta branca. Marina entrou no quarto sentindo como se tivesse voltado ao século XXI, pois ele parecia estar vestido como os meninos de sua época apareciam na televisão.

— Pode se banhar agora, vou buscar alguns livros na cabine da minha mãe e fazer uma refeição na área comum.

Ele saiu pela porta com o cabelo ainda pingando, deixando Marina sem ar e sozinha no quarto. Ela tomou um longo banho. Estava cansada da viagem e, mesmo que tivesse comido fartamente no quilombo, passou três dias se alimentando mal, então morria de fome. Vestiu-se, pensando em ir também à área comum, quando Mateo entrou carregando uma torta de peixe, parecendo adivinhar seus pensamentos.

— Pensei que estaria com fome.

O que mais temia chegou: a noite. Mateo se ajoelhou para orar ao lado da cama enquanto seu colar de prata com crucifixo balançava no pescoço. Ela o imitou, envergonhada, porque não orava sempre e se esquecia de fazê-lo antes de dormir.

Por mais que a ideia de instalar uma rede no quarto para dormirem separados fosse atrativa, era certo que os homens desconfiariam. Marina não queria passar por mentirosa, mesmo que fosse sobre o casamento arranjado. Isso acabaria minando a confiança que tinham nela como capitã. A única opção era dividirem a cama. Mas, ao se deitarem, permaneceram imóveis, com os olhos arregalados, mirando o teto. Era estranho para Marina, mas Mateo era como a maioria dos garotos de dezessete anos, com os hormônios loucos, segurando-se para não assustar a pessoa que amava. *E se ela quiser avançar? Como faria isso? Ela vai me achar inexperiente e fraco.*

Marina, por outro lado, tinha medo de que ele tentasse algo, não se sentia pronta. Virou o corpo para fora da cama, encolhida, tentando ocupar o menor espaço possível, até que ouviu a respiração de Mateo bem na sua nuca. Ele a abraçou por trás, de repente e com força, tremendo levemente. Marina hesitou, sem saber como reagir, até que ele falou em seu ouvido.

— Ma-marina, está vendo aquela aranha? Po-poderia matá-la?

Ela sorriu, mas não zombou dele. Contudo, teve pena da aranha e a levou para o convés, sem machucá-la.

— Você tem medo de aranhas? — perguntou, apoiando-se na porta, enquanto Mateo se sentava na cama.

— Não só de aranhas, de todos os insetos, na verdade. — Ficou vermelho de vergonha. — Minha mãe cuidava disso. Sempre tirava as teias de aranha do teto e verificava os cantos na busca por baratas. — Sorriu com os olhos cheios d'água e de saudade. — Ela era bem gentil quando ninguém estava olhando. As mães são assim às vezes, não é mesmo?

Marina não tinha a menor ideia de como eram as mães, mas podia imaginar. Ele deixou cair uma lágrima e, com o silêncio como resposta, lembrou-se que ela não tinha mãe. Secou as lágrimas com o dorso da mão e suspirou ao falar:

— Me perdoe. Esqueci sobre a sua mãe.

— Então somos dois — arrematou ela, com um sorriso melancólico —, porque também não lembro. Meu pai dizia que eu a matei ao nascer.

— Isso é absurdo. Não foi sua culpa!

— Eu sei disso. Agora realmente *sei*. Ao crescer aqui, acabei me responsabilizando pelo que faço, mas também aprendi a deixar de lado culpas que não são minhas e que, ainda assim, me foram impostas. — Respirou fundo. — Na verdade, Mateo, gostaria de te contar *tudo* sobre o meu passado.

— Tudo o quê? Pelo que sei sua família é de algum tipo de ferreiros, seu pai... matou sua irmã... — Ele abaixou a voz, constrangido por trazer isso à tona de forma tão insensível. — Por isso você fugiu, mas acabou num naufrágio. Certo?

— Sim, isso é parte da história. Mas preciso que confie em mim e acredite em tudo o que eu disser. — Ela tentava se convencer de que ele acreditaria. Afinal, era a pessoa menos cética que conhecia. Sem pensar duas vezes, revelou: — Eu vim do futuro.

Alguns segundos de silêncio. A testa de Mateo se enrugou e seu olhar era confuso.

— Bebeu rum ou água do mar?

*Sabia que isso podia acontecer. Que droga!* Ela percebeu que, por mais religioso que fosse, ele ainda era um pouco arisco e desconfiado com outras pessoas.

— Nada disso... Meu pai era cientista. — Ele ainda parecia confuso. Marina tentou esclarecer: — Um homem da ciência, um estudioso. Ele testava produtos químicos e invenções... — Percebeu que a ruga na testa do jovem só ficava pior. Explicar era como pisar em ovos. — Ele testava poções, loções e medicamentos em mim! — Dessa vez, ele tinha o olhar sério. Marina continuou: — Não me tratava como filha, mas como objeto. Minha irmã era diferente. Ela teve uma infância normal e foi tratada com dignidade, mas nem por isso se achava superior. Meu pai tentou criar uma máquina do tempo, mas isso colocaria minha vida em risco. Por isso, Mônica tentou me salvar no dia que ele testou essa máquina, mas, na confusão, aquele troço acabou explodindo e... — Ela abaixou os olhos — vim parar aqui. Sozinha.

Mateo piscou muitas vezes. Sentia empatia, mas estava incrédulo. Claro que aquela era a garota que amava, que nunca mentiu para ele, porém era pedir demais que ele acreditasse que aquilo fosse possível. Marina era mesmo uma pessoa diferente, mas seria tão diferente a ponto de ser de outra época? Quando levantou os olhos e percebeu que ela estava aflita, soube que teria de consolá-la, embora achasse que a sinceridade era o mais importante em um relacionamento.

— Eu sinto muito pela sua irmã, mas você não está sozinha. Tem uma família aqui: tem a mim, à tripulação e até... o Inaiê.

Fechou levemente a cara.

— Isso é ciúmes? — Marina sorriu, depois ficou séria. — Acredita em mim?

— Não estou com ciúmes. Ele é só muito irritante. — Mateo corou. — Desculpe minha falta de credulidade, entenda que o que me contou...

— É impossível? E aquele versículo "Tudo é possível ao que crer"? Deus fez um mundo de possibilidades infinitas, é só confiar em mim. — Seus olhos imploravam por um pouquinho de confiança.

— Tudo bem — suspirou ele —, eu acredito em você. — Levantou-se da cama e aproximou-se dela. — Entretanto, entenda que ficarei um pouco desconfiado dessa história por um tempo.

— Entendo, mas, se quiser provas — Marina se esforçou para se lembrar de algo daquele ano —, saiba que o capitão galês Bartholomew Roberts morrerá esse ano.

Mateo recuou assustado e com os olhos arregalados.

— Como? O *Black Bart*? Ele tem uma frota enorme! É um dos maiores piratas que já existiu.

— Ele vai ser morto em combate na costa oeste da África. Na verdade, a crueldade vai se voltar contra ele. Terá a garganta cortada. — Ela recordou os detalhes que tinha lido nos livros de história. — Soube o que ele fez esse ano? — Mateo fez que não com a cabeça. Ela continuou: — Se deparou com um navio negreiro, cujo capitão estava em terra. Em vez de libertá-los, usou os escravos como reféns em troca de dinheiro. Só que o capitão do navio negreiro não quis negociar, então ele simplesmente ateou fogo no navio, com todos os escravos dentro.

Mateo a olhava horrorizado, não apenas pelo que ela contara, mas porque, mesmo que isso tivesse acontecido recentemente, não teria como ela ter obtido aquela informação em tão pouco tempo e guardado apenas para si. Afinal, eles nem haviam atracado em Nassau para saber as novidades. Se o capitão realmente morresse no próximo mês, aquele seria um ponto definitivo que provaria a história dela.

— Desculpe por precisar de provas — ele falou novamente.

— Não tem problema. No seu lugar, eu faria o mesmo.

— Marina — ele sussurrou —, quero te dar uma coisa. — Tirou o cordão de crucifixo de prata do pescoço e passou para o colo dela. — Quero acreditar em você, plenamente. Minha confiança, meu coração e meu destino são seus.

Ele beijou a testa dela e os dois ficaram corados, cheios de vergonha.

— É melhor irmos dormir. A noite já avançou muito — ela comentou.

Os dois se deitaram, mas permaneceram imóveis e constrangidos até dormirem, vencidos pelo cansaço. Mateo acordou com a mão dela sobre o seu peito, percebeu o quanto Marina era adorável enquanto dormia e retirou o braço dela com delicadeza quando se levantou. Ela só foi despertar uma hora depois, com muita disposição e feliz, com o novo colar balançando no pescoço.

Era comum que os marujos iniciantes arrumassem as cabines, mas ela nunca permitiu e sempre limpava o próprio quarto. Agora que tinha um quarto de casal, a situação não era diferente. Aproveitou que Mateo tinha ido comer na área comum e começou a organizar alguns livros e papéis espalhados na mesa. Colocou alguns livros na estante e percebeu que tinha obras ali que não esperava ver: *Dom Quixote*, em espanhol, a primeira edição novinha de *Robson Crusoé*, *Divina Comédia*, *Os Lusíadas*, em português, e algumas peças de Shakespeare. Os demais ela não reconheceu ou não se interessou. Achava que Mateo só teria livros em latim ou de estudos bíblicos. Não esperava que ele fosse um *rato de biblioteca*, como ela.

Entretanto, o que mais chamou a atenção da garota foi um livro que estava cheio de orelhas nas bordas das páginas, não só parecendo gasto, mas como se o tivessem lido e relido um milhão de vezes. O nome era *Uma viagem ao mar do Sul* e *volta ao mundo*, por Edward Cooke. Ela abriu o livro e não entendeu muito bem, porque falava inglês melhor do que lia, mas parecia uma edição importante para o Mateo. Então, o pôs com cuidado de volta à estante.

Foi quando a mesa estava quase vazia que Marina viu o caderno que Mateo levava para todo lado. Ele tinha capa de couro preta, e ela sempre pensou que fosse para anotar versículos ou pensamentos teológicos. Ficou surpresa ao abrir e se deparar com vários desenhos. O primeiro era do navio Vingança da Rainha Ana; o segundo era da Sereia Negra, altiva e imponente; o terceiro era de Marina com os olhos arregalados quando chegou lá, com o cabelo bem curtinho, como o de um menino órfão; o quarto era o polvo que ela e Mateo haviam matado durante o ataque na tempestade; o quinto era Marina montada na Enguia da Morte, exatamente como ela lhe havia descrito. Havia muitos outros. Um deles era o desenho da tatuagem de Emma. *Esse, ele deve ter feito quando soube que ela estava viva*. Havia também o de um grande arenque, mas estava escrito embaixo "Serpente do Mar". Era o único desenho que parecia não ter associação com a história deles. Mateo entrou bem nessa hora. Animada, Marina não se conteve e lascou um longo beijo no namorado.

— Você é muito talentoso!

— Em beijar? Como sabe? Já beijou outros homens? — Ele estava extasiado, confuso e com o rosto totalmente vermelho.

— Não e não. Estou falando disto aqui!

Levantou o caderno.

— Ei! Não era para você ver.

Ficou ainda mais vermelho.

— Me desculpe, mas são tão bonitos. — Suspirou. — Você desenha muito bem. Queria ter um talento assim. Aliás, esse último não é uma Serpente do Mar, é o Rei dos Arenques.

Mateo observou e talvez ela tivesse razão, afinal vinha do futuro.

— Rei dos Arenques soa muito mais assustador.

— Mas não é. Duvido que mataria uma pessoa, por exemplo — Marina afirmou.

— Então, me deixa corrigir. — Riscou "Serpente do Mar" e colocou "Rei dos Arenques" logo abaixo. — Mas voltando ao seu elogio... Talentoso? Eu?! Você é quem inventa ferramentas do nada. Tem uma criatividade e tanto. Como faz isso?

— Parte vem do meu conhecimento do futuro, mas parte é improviso mesmo. — Sorriu. — Tem gente que acha que sou uma bruxa, mas gosto de sonhar e viajar pelos livros de vez em quando. "Quão belo é o reino cuja vista é aberta pela imaginação. É preferível possuí-lo vivendo em um salão a ser um habitante de palácio sem tê-lo."

— Que frase bonita, inventou agora?

— Não, é de um livro que eu gosto: *Anne de Avonlea*.

— Nunca ouvi falar.

— Falando em livros, dei uma olhada na sua coleção e gostei muito. Se puder me emprestar alguns da sua estante...

— O que é meu, é seu, madame.

Fez um cumprimento exagerado.

Ouvir essa frase fez o coração de Marina bater descontroladamente.

— Obrigada — disse, tímida.

~~Serpente do Mar~~
Rei dos Arenques

# ANNE DE GREEN GABLES

## LUCY MAUD MONTGOMERY

Era uma noite quente e abafada quando Marina decidiu descansar a mente. Puxou conversa com Mateo, que estava sentado à mesa do lado, na cabine do casal.

— Sei como os homens desse navio me enxergam. Talvez até você me veja como alguém invencível, extremamente otimista e perseverante, mas, às vezes, eu só queria me deitar em uma rede numa praia caribenha, lendo um bom livro, enquanto bebo água de coco. Queria que alguém pudesse fazer o que faço, com a força de vontade que empenho, só para poder descansar um pouco. Esperava ter esse sentimento quando tivesse mais de quarenta, porém, depois de tudo que já passei, tenho a sensação de ter mais de cem anos.

— Sei como se sente. Gostaria de estar nessa praia com você, só que também haveria uma igreja, que eu construiria na cidade... e outra no interior. Durante a semana, eu cuidaria da igreja da cidade e, no domingo, o povo do interior ouviria meu sermão.

— Consigo te imaginar assim. — Marina suspirou.

Olhou para sua própria mesa, onde estava um esboço, e se animou.

— Estou tentando criar uma espécie de máquina para impulsionar o navio sem precisar de velas — disse, referindo-se ao motor, que Mateo ainda não compreendia o que era.

Ele olhou os desenhos dela, muito animado.

— Incrível! Isso já existe de onde você veio?

— Sim. Existem muitas máquinas legais, como aviões, lanchas, carros, motos, todas para se locomover, seja na água, na terra ou no céu.

— No céu? — perguntou, incrédulo.

Marina tentou explicar como funcionavam essas máquinas, mas ela mesma não sabia direito, então tudo ficou ainda mais confuso.

— Como pretende fazer esse motor? — Mateo perguntou, já com a cabeça doendo por ainda não entender como funcionava um avião.

— Acho que posso começar com o mais simples, porque é dele que me lembro. Seria movido por uma corda que enrola no motor e, quando se puxa rápido, faz as pás que estão na água girarem.

— Como um moinho de vento?

— Mais ou menos. Você entendeu a ideia.

Marina percebeu que, mesmo que quisesse descansar da liderança, das batalhas e de toda a pressão da responsabilidade, era muito bom trabalhar com o que gostava. Construir máquinas do zero, inspirar os amigos a serem pessoas melhores, lutar pela liberdade de um povo, aquilo consistia na melhor fase da sua vida: a juventude!

Enquanto isso, no dormitório, Inaiê caminhava em direção a Jafari, que estava sentado na própria rede, organizando as ferramentas de carpintaria.

— Jafari... Hã... — Era difícil pedir um favor a ele, já que não eram íntimos, apesar de ter sido ele quem construíra o seu arco e flecha. — Pode ensinar o Kito a escrever na sua língua? Queria que ele aprendesse, mas eu não sei...

— Pode contar comigo — Jafari o interrompeu antes que precisasse concluir o pedido. — Você quer que ele tenha todas as oportunidades não é mesmo?

Ele não era do tipo que falava muito, mas sabia ler as pessoas muito bem.

— Sim. Eu sei calcular a rota e medir os nós, mas não consigo ler as cartas náuticas. É um pouco... frustrante. Por isso queria que ele também aprendesse inglês, e vou pedir ao Mateo para ensiná-lo, mas, antes de tudo, ele precisa conhecer a própria história, precisa aprender a ler em sua língua nativa.

— Por que não pede ao Mateo para te ensinar também?

— Já não tenho idade para isso.

Jafari riu.

— Você só tem quinze anos, é uma criança ainda. Tem muito o que aprender, e ler pode ser uma dessas coisas.

Normalmente, não gostava quando o chamavam de criança, mas Inaiê teve de concordar. Teria de engolir o orgulho e pedir ao Mateo uma ajudinha. Talvez ele mesmo pudesse ensinar ao filho como escrever em inglês. Essa ideia o animou, embora as batidas tímidas na porta da cabine do casal não refletissem isso.

— Ah! Oi, Inaiê! — Mateo abriu a porta, cumprimentando-o. — Quer falar com a Marina? Vou cha...

— Não — Inaiê o interrompeu. — Na verdade, queria falar com você. Pode me acompanhar até o hangar dos canhões?

Mateo ficou surpreso com o rompante de gentiliza com que o primeiro imediato falou.

— Perfeitamente — disse, já o seguindo.

Ao chegarem lá, Inaiê se sentou em um dos canhões e limpou a garganta antes de falar:

— Eu queria que me ensinasse a escrever.

— Ah — Mateo respondeu, surpreso. — Por que eu? Por que não a...

— Ela não sabe ler muito bem em inglês. Se quisesse aprender a escrever em português, teria procurado ela, não você — falou, com uma leve arrogância na voz.

Mateo riu, percebendo como o outro estava sem jeito.

— Eu te ensino. Além disso, queria lhe falar algo também. — Cruzou os braços. — O quarto da minha mãe ficou parado por muito tempo. Eu não poderia ficar com ele, traz lembranças demais. Creio que o dormitório lá embaixo não seja o lugar mais apropriado para o Kito. Ele ainda é uma criança, e os homens xingam, dizem vulgaridades demais. Gostaria que vocês ficassem com o quarto.

— Não quero sua pena. Só pedi que me ensinasse a ler e escrever.

— Não estou preocupado com você, se é o que está insinuando. Me preocupo com o menino e sei que você também se importa.

Inaiê engoliu seu orgulho o mais forte que pôde e respondeu entredentes:

— Tudo bem. Aceito o quarto.

Mateo abriu um sorriso, o que irritou ainda mais o primeiro imediato, que saiu bufando por ter de aceitar favores.

Entretanto, no dia seguinte, ele e o filho já estavam acomodados. Inaiê dormiria numa rede enquanto Kito se deitaria na cama de Sereia Negra. As lições de escrita e leitura também começaram no mesmo dia, tanto para Inaiê, quanto para Kito. Porém o pai não era exatamente um bom exemplo e jogava a mesa para o alto toda vez que perdia a paciência, sem entender o que Mateo dizia. Apesar disso, logo pegava a mesa do chão e recomeçava os estudos.

Cinco dias depois, Marina decidiu aderir ao uso do tapa-olho, com direito a risadas por toda a manhã, vindas de um dos únicos que ousava fazer piada dela.

— Que troço é esse? — Inaiê questionou, rindo.

— Você sabe muito bem para que serve!

— Mas você está ridícula com ele.

A barriga dele chegava a doer de tanto que ria.

— Agora, primeiro imediato, preciso ter uma conversa séria com você. — Os dois subiram ao convés superior para ficarem a sós. — Sobre o que houve em Zâmbia, você sabia que, mesmo que levassem o Kito, ainda teria uma família aqui comigo e com o Mateo. Certo?

— Eu sei disso, mas sou o pai do Kito. Não quero nem imaginar a dor de perder um filho, ainda mais uma criança como ele. Esse menino tem um futuro brilhante, sabia?

Marina sorriu e concordou.

— Também amo aquele garoto. — Pensou por um instante e acrescentou: — Inaiê, quero que me veja como sua irmã. Sei que isso vai ser um pouco difícil, dado o nosso histórico...

— Não — ele a interrompeu —, é exatamente assim que te vejo. Já superei outros sentimentos. Além disso, estamos crescendo juntos, *somos* irmãos.

Marina abriu um largo sorriso. "Verdadeiros amigos estão sempre juntos em espírito", a frase de *Anne de Green Gables* não poderia estar mais certa.

Mateo, que estava apoiado no convés inferior, sem ter sido visto pelos dois, também ficou feliz. Por mais que tivesse uma rivalidade com Inaiê, via nele o único amigo que tinha, além de Marina, claro.

A alegria durou pouco, porque, em questão de minutos, o marujo que estava no mastro principal gritou:

— NAVIO INGLÊS!

— É a Marinha? — Inaiê perguntou, e Marina já pegava a luneta, presa ao cinto.

— Não — ela falou com a voz rouca. — São corsários.

O navio inimigo tinha o dobro do tamanho do Vingança da Rainha Ana. Por isso, Marina tentou uma manobra evasiva.

— Eles nos colocaram em posição vulnerável, tem terra a oeste e uma tempestade ao norte — disse, indo em direção ao timão e tirando o tapa-olho. — Vamos ter que ir ao Sul. — Então, gritou com todo o ar dos pulmões: — ICEM AS VELAS!

Marina usou toda a força no timão e conseguiu desviar da mira dos canhões, mas, como o outro navio tinha vento favorável, os corsários chegaram rápido demais para que pudessem fugir. Não demorou muito até que os inimigos jogassem as pranchas e subissem no navio.

Inaiê trancou Kito no quarto e logo tomou posição no timão, liberando Marina para lutar com o *taser*. Ela subiu nas cordas laterais e deu um mortal para trás, eletrocutando dois marujos e caindo por cima de outro, no qual bateu com o punho da espada, desmaiando-o por coronhada. Mateo amarrava todos os caídos em um dos mastros, para não retomarem à briga quando acordassem.

Durante a luta, surgiu o vulto do capitão dos corsários. Marina viu o uniforme: a calça branca e o sobretudo azul-escuro cobriam o rapaz negro e magro. Em meio à fumaça, aos estilhaços de madeira e ao som dos tiros, Marina viu o seu rosto. Não esperava vê-lo de novo, muito menos naquela posição, mas os dreadlocks e o olhar vingativo eram inconfundíveis. Javier não disse uma palavra. Apenas ergueu a pistola e atirou.

# ILÍADA
## HOMERO

Teria acertado o coração de Marina se não fosse por Mateo, que pulou na frente da esposa e levou o tiro nas costas. Ele caiu ajoelhado, abraçado à mulher que amava. Apoiou o queixo no ombro dela e se sentiu repentinamente cansado e com frio.

— Não! — Marina gritou, começando a chorar, segurando seu marido.

— Calma — ele disse no ouvido dela. — Eu estou bem. Não me vingue, é tudo o que eu peço. — Tinha dificuldade para puxar o ar e Marina quis dizer-lhe para não se esforçar, mas não encontrou a própria voz. — Quando encontrar... a paz, então venha me encontrar... também. Marina, eu amo...

Mateo fechou os olhos e não os abriu outra vez. Sangue escorreu pela sua boca.

Marina gritou, mas rapidamente o som se esvaiu. Não tinha voz nem forças para lidar com mais aquela perda. Javier ficou desesperado por ter atingido Mateo.

— Não! Não, não, não! Como vou explicar para ela? Como vou explicar?

Inaiê aproveitou sua distração e, com alguns golpes e um chute certeiro, jogou-o para fora no navio. Javier caiu no mar, porém foi resgatado pela própria tripulação. O primeiro imediato cuidou do restante da batalha. O Vingança da Rainha

Ana tinha ganhado a luta, mas perdido seu mestre de contas. Ao ver o amigo morto, Inaiê também chorou. Não havia tempo para perseguir o navio inglês, havia muitos feridos e a prioridade era cuidar de todos.

Marina e Inaiê ficaram vários minutos ajoelhados. O corpo de Mateo ainda estava aninhado ao dela.

— Me deixe levá-lo. — Inaiê tentou pegá-lo.

— Não! Deixa aqui. Só até ele acordar.

Marina não queria acreditar que Mateo tinha morrido. *Não ele.* Demorou um tempo para cair a ficha: ele não ia acordar. Ficou tonta depois de tanto chorar. Quando cambaleou para frente, Inaiê a segurou, deitando o corpo de Mateo ao seu lado.

Após muitos minutos, ele levou o corpo para que os preparativos do velório fossem arranjados, deixando Marina no convés, ajoelhada e sem forças. Seus lábios tremiam e seu peito ardia de dor.

Então ela se lembrou: era uma viajante do tempo. Se tinha chegado até ali, poderia voltar para casa e usar a máquina para salvar Mateo. Prendeu-se a esse fio de esperança alucinada e se levantou.

Inaiê tinha preparado o velório do jovem missionário e de mais três homens que morreram durante a luta. Todos notaram como o semblante da capitã tinha mudado de desespero para o de convicção. Pensaram que ela estava tentando ser forte na frente da tripulação, então Inaiê pôs a mão em seu ombro e sussurrou:

— Não é fraqueza chorar.

Ver o corpo do marido deslizando pela prancha até o mar foi doloroso. Mesmo sabendo que iria salvá-lo no futuro, aquele momento foi o pior da sua vida. Então, chorou silenciosamente. As lágrimas desceram até o seu pescoço e começou a soluçar baixinho. Todos se recolheram, menos ela e Inaiê, que continuavam olhando para o mar.

— Irmão — ela chamou —, você sabe que vim do futuro, não é?

— Sim.

— Preciso voltar para lá. Só assim posso retornar e salvá-lo.

Os olhos do primeiro imediato brilharam de esperança.

— Sabe como fazer isso?

— Ainda não — suspirou. — Então, até lá, preciso encontrar certo corsário e acabar com a escravidão na Inglaterra.

— Você me disse que prometeu ao Mateo que não se vingaria.

Ele estava certo, não começaria uma guerra por um motivo tão egoísta como Menelau fez por Helena. Prometeu não só ao Mateo, mas a Deus e a si mesma, que não tornaria a matar. Não era como Navin ou a Sereia Negra para nutrir rancor e ira a ponto de se autodestruir.

— Vingança é só o nome do navio, eu quero justiça. Além disso — olhou nos olhos do amigo —, você ouviu o que Javier disse antes de chutá-lo? "Como vou explicar para *ela*?" Que outra mulher se importaria com o Mateo, além de Emma? Se acharmos o Javier, encontraremos a minha cunhada.

Inaiê arregalou os olhos, agora um tanto incrédulo. Marina parecia obstinada e continuou:

— Ouça quando digo que a Inglaterra vai abolir a escravidão, ou eu não me chamo Marina Teach.

Mal sabia ela que, do outro lado daquele oceano, quem se sentava no trono da Inglaterra era ninguém menos que sua irmã, Mônica.

# AGRADECIMENTOS

Agradeço aos meus pais por me moldarem, sempre me dando força, mas também por terem me ensinado a viver na disciplina e com honra. Aos meus irmãos, Thalita e Thiago, por deixarem minha vida mais leve e descontraída. E, por fim, mas não menos importante, ao meu marido, Hugo, por todo amor e por sempre me trazer um grande copo de açaí enquanto eu escrevia.

Para saber mais sobre os títulos e autores do GRUPO EDITORIAL COERÊNCIA, visite o site **WWW.EDITORACOERENCIA.COM.BR** e curta as nossas redes sociais.

Além de informações sobre os próximos lançamentos, você terá acesso a conteúdos exclusivos e poderá participar de sorteios, promoções e eventos.


@GRUPOEDITORIALCOERENCIA

@PLUSEDITORA

AV. PAULISTA, 326, CJ 84
BELA VISTA - SÃO PAULO - SP - 01.310-902

LILIAN@EDITORACOERENCIA.COM.BR

(11) 3287-1614


NÃO PERCA A OPORTUNIDADE DE REALIZAR O SONHO DE SE TORNAR UM ESCRITOR.
ENVIE SEU ORIGINAL PARA O NOSSO E-MAIL E

PUBLIQUE CONOSCO.

Grupo Editorial
coerência

Esta obra foi composta na fonte ITC Legacy Serif,
tamanho 11,5 pt, e impresso em papel pólen soft 80g/m².
São Paulo, março de 2021